우리 아이,

발달검사 받아볼까?

심리검사 받아볼까?

우리 아이,
발달검사 받아볼까?
심리검사 받아볼까?

김세은 지음

유아기
아동을 위한
발달검사

아동청소년을
위한
심리검사

"아이를 키우면서 발달검사나 심리검사를
받을까 고민하는 부모님들을 위해
현직의 임상심리사가 사례를 바탕으로
설명하였습니다."

바른북스

"우리 아이가 까치발로 걷는데 혹시 자폐 스펙트럼 장애인가요?"

이렇게 질문하며 검사실에 찾아오는 어머니들이 많습니다.

부모님이 어린 자녀를 키우는 과정에서, 아이가 독특한 행동을 하면 걱정하기 시작합니다. 그리고 주변 사람들에게 물어보거나 맘카페에 질문 글을 올려봅니다. 그래도 궁금증은 속 시원히 해결되지 않습니다.

자녀를 키우는 것은 간단하지 않습니다. 저에게 검사받으러 오기까지 부모님들은 인터넷 검색도 해보고, 육아 전문 서적도 읽어봅니다. 책을 읽으면 이해는 되지만, 정작 내 아이에게는 적용이 되지 않아 어려워합니다. 전문 서적을 읽어도 왜 궁금증이 속 시원히 해결되지 않을까요? 이 세상에 똑같은 아이들은 없기 때문입니다. 생김새가 다 다르듯이, 아이들마다 가지고 있는 성향과 특성이 다 다릅니다. 그래서 육아 서적에 적혀 있는 조언이 내 아이에게 적용되지 않을 수 있습니다.

아나운서가 되려면 언론고시를 준비하면서 관련 지식과 기술을 배웁니다. 어떤 직업을 가지게 되든지 그 전에 관련 지식과 기술을 준비해야 합니다. 그러나 부모는 아이를 낳음과 동시에 아무런 준비나 지식 없이 곧바로 실전입니다. 이렇게 준비 없이 부모가 된 어른들은 내가 아이를 제대로 키우고 있는지 궁금해합니다. 이런 상태에서 아이가 독특한 행동을 하면, 아이에게 문제가 있는지 걱정하게 됩니다. 시간이 지나면 없어지는 행동인지, 문제 있는 게 맞는지, 문제가 맞는다면 어떻게 도와줘야 하는지 궁금해합니다.

임상심리사로 일하면서 부모님들로부터 많은 질문을 듣습니다. 그런데 오랜 기간 일하면서 들은 질문의 내용이 비슷한 경우가 많았습니다. 그래서 부모님들이 자주 질문하는 것에 대해 설명드리고자 이 책을 쓰게 됐습니다. 실제 사례들을 간단하게 적고 설명하였습니다. 자녀 양육에 도움이 되었으면 좋겠습니다. 사례에 나오는 인물들의 이름은 모두 가상의 인물 또는 가명입니다.

이 책은 크게 2가지 내용으로 구성되어 있습니다. 발달검사와 심리검사.

어쩌면 생소하고 낯선 단어일 수 있는데, 발달검사가 무엇인지, 어떤 아이들이 발달검사를 받으면 좋은지 설명하였습니다. 그리고 심리검사를 받을까 말까 고민하는 부모님들에게 이 책을 통해 도움을 드리고자 합니다. 자, 그러면, 우리 아이에게 발달검사나 심리검사가 필요한지 함께 알아볼까요?

Part 2

심리검사
(만 4세 유아~아동청소년)

Part 1

발달검사

(12개월 유아~만 6세 아동)

"우리 아이가 아직 말을 잘 못해요. 선생님"

저는 어린이병원을 비롯한 다수의 병원 부설 아동발달클리닉에서 임상심리사로 일하고 있습니다. 저에게 발달검사 받으러 오는 아이들의 80%가 언어발달 지연 때문에 옵니다. 엄마가 아이를 데리고 병원에 오기까지 얼마나 많은 고민을 하며 주저하다가 오는지 알고 있습니다. 옆집 누구는 벌써 문장으로 말하는데 아직 우리 아이는 말할 수 있는 단어가 10개 정도밖에 되지 않으면 조바심이 납니다.

'조금 기다려 볼까?', '아니야, 중요한 치료시기를 놓치면 어떡해'

라는 생각이 들면서 고민합니다. 그래서 주변 사람들에게 조언을 구하기도 하고, '아, 더 이상 안 되겠다' 싶을 때 병원에 찾아옵니다. 친정 부모님에게 조언을 구하면, "때 되면 다 말하게 되는 것을, 뭐하러 검사받으러 가면서 돈 낭비하냐"라고 하십니다. 어떤 아버지는 "내 아이가 무슨 문제가 있다고 병원에 데리고 가서 검사를 받느냐"라고 거부하면서 반대하는 분도 있습니다. 어떤 부모님은 '내 아이만의 발달 속도가 있다'라고 생각하고 계속 기다리기만 하는 부모님도 계십니다. 물론 아이들마다 발달 속도가 다릅니다. 발달 속도가 매우 빠른 아이도 있고, 어떤 아이는 더디게 발달하기도 합니다. '발달 지연'이라고 말하는 아이들은, 발달하기는 하는데 발달 속도가 정상 범주 아이들보다 느린 아이들을 말합니다. 그러나 '발달 장애'는 명확히 임상적으로 의미 있는 특이한 특징들을 보입니다.

어린아이들이 자라는 과정에서 다른 아이들과 다른 특이한 행동을 할 때, 주의 깊게 관찰하다가 조기에 치료받도록 하는 것이 필요합니다. 아이들이 발달하는 과정에서 연령에 따른 발달과업이 있다는 것이 이론으로 정리되어 있습니다. 이러한 발달심리학을 기반으로 발달검사가 개발되었는데, 아이의 발달이 또래에 비해 느리다면 아이의 발달 수준을 확인하고 즉시 치료받아 정상발달이 되도록 발달을 촉진해 주는 것이 필요합니다.

자, 그러면 이제 발달검사실에 주로 어떤 아이들이 찾아오는지 한번 볼까요?

헷갈려요, 우리 아이가
발달 장애인가요?

'발달 지연'과 '발달 장애'는 다릅니다.

'발달 지연'은 정상발달 속도보다 발달 속도가 느리기만 한 경우입니다.

'발달 장애'는 정상발달 속도보다 현저히 느릴 뿐만 아니라 특이한 행동들을 보이게 됩니다. 발달 장애 중에는 다양한 유형이 있지만, 어린이병원에 찾아오는 아이들 중에 흔히 볼 수 있는 '발달 장애' 아동들의 특징을 한번 살펴보겠습니다.

우리 아이가
자폐 스펙트럼 장애인가요?

33개월 수민이(가명)는 검사실에 들어와서 검사자에게 관심을 보이지 않고, 들어오자마자 제자리를 빙글빙글 돌면서 놀기 시작했습니다. 아이가 가정에서 제자리를 빙글빙글 돌면서 놀거나 까치발 드는 행동을 계속하면 어머니는 걱정하기 시작합니다. 게다가 이름을 불러도 쳐다보지 않거나, 이야기할 때 어머니의 눈을 보지 않는다면 어머니는 그때부터 자폐가 아닐까 걱정하게 됩니다.

"우리 아이가 자폐인지 살펴봐 주세요"라고 말하며 검사실을 찾는 대부분의 어머니들이 자녀가 자폐인 것 같다고 의심하는 행동은 눈맞춤과 호명반응, 까치발 들기였습니다. 그러나 이것이 자폐 스펙트럼 장애의 주요 증상은 아닙니다. 물론 자폐 아동들이 눈맞춤과 호명반응이 안 되는 것은 맞지만, 자폐 스펙트럼 장애의 핵심은 '사회적 상호작용과 의사소통' 기능이 부족한 것입니다. 자폐 스펙트럼 장애 아동들은 타인에 대한 관심이 거의 없습니다. 그래서 눈맞춤과 호명반응이 안 됩니다. 그러나 자폐 스펙트럼 장애가 아니어도 기질적으로 타인에 대한 관심이 적은 아이들이 있습니다. 자폐 아동이 아닌데 타인에 대한 관심이 적은 아이들은 상호작용을 시도하면 반응을 보이고 상호작용이 지속됩니다. 그러나 자폐 아동들은 상호작

     우리 아이, 발달검사 받아볼까? 심리검사 받아볼까?

용을 시도해도 반응하지 않고 상호작용이 이루어지지 못합니다. 그렇다면 자폐의 특징을 보겠습니다.

① 자폐 아동의 특징

- 눈맞춤, 호명반응이 안 된다.

- 사람에게 관심이 없다. 사람보다 사물을 더 좋아한다.

- 상대방의 말과 행동을 모방하지 않는다.

- 대화를 주고받는 것이 불가능하다.

- 감각추구 행동을 한다.

- 상동행동을 한다.

- 반향어를 한다.

- 변화를 강하게 거부하면서 한 가지 사물에 집착한다.

'상동행동' '반향어' 등등. 어려운 용어가 있죠? 이해하기 쉽도록 각 용어를 설명하겠습니다.

② 자폐 증상의 용어 설명

검사자: "수민아, 이거 줄까?"
수민이: "이거 줄까?"

아이가 검사의 과제를 수행하기 싫어하면 저는 종종 젤리를 주곤 합니다. 젤리를 주려고 하면서 "수민아, 이거 줄까?"라고 얘기했더니, 수민이는 제가 한 말을 그대로 따라 합니다. 이런 경우 반향어인지 잘 살펴보면서 확인해야 합니다. '반향어'는, 상대방이 말한 내용을 그대로 따라 하는 것입니다. 그러나 어린 유아들은 부모님이 말한 것을 그대로 따라 하면서 언어를 배우기도 합니다. 만약 부모님이 말한 내용을 그대로 따라 하고 나서 곧바로 자신의 생각이나 감정을 대답하는 경우라면 반향어가 아닙니다. 그러나 부모님이 매번 말할 때마다 대답은 하지 않고 그대로 따라 하기만 한다면 반향어일 수 있습니다.

감각추구 행동은, 감각(시각, 청각, 촉각, 미각)을 추구하는 행동입니다. 예를 들어, 빛만 계속 쫓아다닌다거나(시각 추구), 책상의 모서리만 계속 긁는다거나(촉각 추구), 무슨 물건이든 입속에 넣으려는 행동을 한다거나(미각 추구), 사물을 눈 가까이에 갖다 대는 행동을 한다거나(시각 추구), 냄새가 안 나는 플라스틱 장난감을 자꾸 코에 대고 냄새를 맡는(후각 추구) 행동이 감각추구 행동입니다.

상동행동이란, 같은 움직임을 계속 반복하는 행동입니다. 상체를 앞뒤로 또는 양옆으로 흔든다거나, 손을 계속 터는 행동을 한다거나, 제자리에서 점프를 반복한다거나, 빙글빙글 돌면서 뛰어다니는 행동을 계속하는 것이 상동행동입니다.

호명반응이란, 이름을 불렀을 때 쳐다보는 반응을 말합니다. 자폐 아동의 경우 이름을 불러도 쳐다보지 않습니다. 사회적 신호에 반응하지 않는 것인데, 이는 사회적 의사소통에 관심이 없기 때문에 나타나는 현상입니다. 그러나 자폐 아동이 아니어도 놀이에 집중력이 좋은 아이들은 이름을 불러도 쳐다보지 않기도 합니다. 또는 자폐 아동이 아니어도, 기질적으로 사람에게 관심이 적은 아이는 호명반응이 나타나지 않기도 합니다. 멀리서 이름을 불렀을 때 반응이 없어도, 가까이 다가가 상호작용을 시도했을 때 반응하면 자폐 아동이 아닙니다. 자폐 아동은 가까이 다가가서 이름을 부르거나 상호작용을 시도해도 반응이 없습니다.

③ 자폐 장애가 엄마 때문?

자녀가 자폐 스펙트럼 장애로 진단받으면, 많은 어머니들은 자기가 아이를 잘못 키워서 그런 것이라고 자책하는 경우가 있습니다. 자녀가 어릴 때, 어머니가 일하느라 바빠서 같이 놀아주지 못하고 아이를 혼자 놀게 방치했다거나 계속 TV를 보여줘서 자폐가 된 것 같다면서 자책하게 됩니다. 그러나 자폐 스펙트럼 장애는 부모의 양육태도에 의해 발생되는 것이 아닙니다. 엄마가 같이 놀아주지 못해서 혼자만의 세계로 들어가는 것이 아닙니다. 부모의 양육태도와 상관없이 발달과정에서 발생하는 신경 발달 장애입니다.

자폐 스펙트럼 장애로 같은 진단을 받았어도, 아이들마다 나타나는 증상은 다 다릅니다. 어떤 자폐 아동은 반향어는 없는데 상동행동이 있고, 다른 자폐 아동은 상동행동은 없는데, 반향어를 하기도 합니다. 동일한 자폐여도 나타나는 양상이 다양하기 때문에 통칭으로 '스펙트럼'이라는 용어가 추가되었습니다. 대신 심각도의 수준을 명시하게 됩니다. '경도', '중등도', '중도'와 같이 1단계부터 3단계로 증상의 심각성 정도를 평가보고서에 표기하게 됩니다. 위의 자폐 특징들 중 3~4가지 이상의 증상이 있다면 어린이병원에서 K-CARS 검사를 받아보길 권합니다. K-CARS 검사는 자폐인지 아닌지를 변별하는 검사로, 자폐의 정도가 심한지 경미한지도 확인할 수 있습니다. 자녀가 자폐인지 헷갈릴 때는, 어린이병원이나 아동발달센터에서 객관적 평가를 받는 것이 좋습니다. 어머니가 인터넷에 검색해서 막연히 판단하는 것보다, 임상심리사가 임상적으로 관찰하면서 평가하는 것이 정확합니다. 객관적인 발달검사를 실시해서 나온 결과와 함께 종합의견을 듣는 것을 권합니다. 임상심리사는 수많은 아동들을 만나면서 평가하기 때문에, 아동이 정상(normal)범위에 속하는지, 정상범위에서 벗어나는지, 벗어나면 어느 정도 벗어나는지를 파악할 수 있습니다. 조기에 진단하여 그에 맞는 치료를 일찍 시작할수록 좋습니다.

　자폐는 조기에 치료하면 의사소통이 어느 정도 가능해질 수 있습니다. 비장애 아동처럼 의사소통의 질적인 측면이 우수하지 못하다 해도 간단한 대화는 주고받을 수 있게 됩니다. 되도록 만 4세 전에는 치료를 받기 시작하는 것이 좋고, 치료를 일찍 시작할수록 좋습니다. 자폐 아동에게 필요한 치료방법은 음악치료, 언어치료, ABA치료가 있습니다. 음악치료는 특히 자폐 아동에게 효과적입니다. 자폐 아동들은 언어 자극에 거의 반응하지 않습니다. 그러나 음악 자극에는 반응합니다. 음악은 비언어적인 의사소통의 채널로 작용할 수 있습니다. 사회적 의사소통이 잘되지 않는 자폐 아동에게 비언어적 방법으로 접근하기 때문에 음악을 통해서 다른 사람과 상호작용 하는 방법을 배울 수 있습니다. ABA치료는 적절한 방식으로 행동하는 것을 습득할 수 있도록 도와줍니다. ABA치료란, Applied Behavior Analysis로, 체계적인 방법을 통하여 행동을 바꾸는 치료기법입니다. 이러한 치료가 조기에 이루어져야 바람직한 행동을 습득하게 되고 다른 사람과 언어적/비언어적 상호작용을 할 수 있게 됩니다. 자폐가 의심된다면 고민하지 마시고, 어린이병원에서 정확한 진단을 받는 것이 좋습니다.

"선생님, 우리 아이가 아무래도 아스퍼거인 거 같아요"

이렇게 어머니가 진단명을 정해서 오시는 경우들도 있습니다. 아동의 행동을 보고 걱정돼서 인터넷에 검색해서 알아보신 겁니다. 그렇다면 아스퍼거는 무엇일까요?

2022년 선풍적인 인기를 끌었던 〈이상한 변호사 우영우〉 생각나시죠? 그 주인공 우영우가 바로 '아스퍼거 증후군'에 해당됩니다.

현재 DSM-5에서는 '아스퍼거'라는 용어가 없어졌습니다. 자폐장애와 아스퍼거 장애가 합쳐져서 '자폐 스펙트럼 장애'로 통합되었습니다. '스펙트럼'이라는 단어가 들어가면서, 유사한 장애들이 하나의 진단명에 속하게 된 겁니다. 그래서 '아스퍼거'는 '자폐 스펙트럼 장애' 진단명에 속하는 유형입니다. 현재 공식적인 진단명에는 '아스퍼거'라는 용어가 없어졌으나, 임상 현장에서는 아직도 '아스퍼거'라는 용어가 치료사들 사이에서 쓰이고 있습니다.

① 자폐 vs 아스퍼거

그렇다면 단순 자폐 장애와 아스퍼거 증후군의 차이점은 무엇일까요? 자폐 아동은 대화를 주고받는 것이 거의 불가능하지만, 아스퍼거 아동은 어느 정도 대화를 주고받을 수는 있습니다. 그러나 통상적인 대화 기술에서 벗어난 이상한 방식으로 대화합니다. 로봇처럼 억양이 없는 모노톤으로 이야기하거나, 구어체로 말하는 것이 아니라 문어체로 말하거나, 은유적 표현을 이해하지 못합니다. 드라마에서 우영우가 말했던 방식이 아스퍼거 증후군이 대화하는 방식이라고 생각하면 됩니다. 대화를 주고받는 것은 가능하지만 뭔가 딱딱하고 제한적인 방식입니다. 내 아이가 마치 모스부호 찍듯이 모노톤으로 말한다면 발달검사를 받아보는 것이 좋습니다.

② 고기능자폐?

덧붙여서, 우영우는 아스퍼거 증후군이면서도 고기능자폐에 속합니다. 대부분 자폐 스펙트럼 장애 아동들은 대화가 잘 이루어지지 않기에 선생님의 설명을 받아들이지 않아 학습에 어려움이 있습니다. 그래서 인지발달이 제대로 이루어지지 못하게 됩니다. 실제로 자폐 아동들이 지능검사를 받게 되면 지능점수가 70점 미만으로 낮게 나타납니다. 그리고 지능검사 중 언어로 이루어지는 소검사에서는 매우 낮은 기능 수준을 보이고, 비언어적 과제 수행은 상대적으로 잘합니다. 그런데 고기능자폐는 지능점수가 70점 이상이며 뛰어난 기억력으로 특정 분야에서 매우 높은 수준의 기능을 발휘하기도 합니다. 발달 장애 유형에 속하는 자폐여도 아동들마다 특정한 재능을 가지고 있습니다. 어떤 자폐 아동은 운동을 잘한다거나, 악기를 잘 다루기도 합니다. 자폐 아동이 갖고 있는 특정한 재능을 빨리 발견하는 것이 필요합니다. 그 재능을 계발하여 사회의 일원으로서 자신의 실력을 발휘하며 살 수 있도록 돕는 것이 필요합니다.

③ 아스퍼거? 사회적 민감성 부족?

어떤 어머니들은 자기 남편과 자녀가 아스퍼거인 것 같다고 말하면서 검사실에 찾아오기도 합니다. 다른 사람의 감정을 이해하지 못하고 공감하지 못하면, 아스퍼거인 것 같다고 생각하는 것입니다. 그러나 이런 아동들에게 기질검사를 해보면 기질적으로 '사회적 민감성'이 부족한 것으로 나타나는 경우가 많았습니다. 아스퍼거는 아니지만 다른 사람의 미세한 감정 변화를 읽을 수 있는 정서적 감수성이 부족하면 의사소통이나 상호작용에 제한이 있을 수 있습니다. 공감 능력이 부족한 아이여도 대화를 주고받는 데 필요한 언어 기능이 적절하다면 아스퍼거가 아닐 가능성이 큽니다. 단지 정서적 감수성이 부족해서 나타나는 현상일 수 있으므로, 이런 아이들에게는 사람의 얼굴표정과 억양, 뉘앙스를 통해 상대방의 감정을 읽는 것을 가르쳐 주고 연습시키는 게 필요합니다.

언어발달 지연 vs 인지발달 지연

"우리 아이가 30개월인데 아직도 말을 안 해요, 선생님"

30개월 수호(가명)는 질문을 해도 아무런 대답을 하지 않습니다.

다른 집 아이들은 문장을 구성해서 말하는데, 우리 아이만 말을 전혀 못 하면 조바심이 납니다. 아이들이 말하지 않는 데는 여러 원인이 있을 수 있습니다. 인지발달과 언어발달이 지연돼서 말을 못 하기도 하고, 심리적 원인 때문에 말을 안 하기도 합니다. 다른 사람이 말한 내용을 이해하고 이를 바탕으로 자신의 생각과 감정을 언어로 구성하여 말하는 데는 인지 기능이 밑바탕이 됩니다. 이러한 인지 기능이 부족한 아이들은 언어발달도 지연되게 됩니다. 언어발달이 지연돼서 검사받으러 온 아동들에게 발달검사를 해보면, 언어발달만 지연되는 경우는 적습니다. 대부분 인지발달이 지연돼서 언어발달도 지연되는 경우가 많습니다. 물론 인지발달은 정상인데 언어발달만 지연되는 경우도 있기는 있습니다. 그렇지만 그런 경우는 많지 않습니다. 그러나 인지발달이 지연되어 있는데 언어발달은 정상인 경우는 없습니다. 이렇게 인지발달이 지연돼서 말을 잘 못하기도 하고, 또 다른 경우로는 심리적 원인으로 말을 안 하는 아동도 있습니다.

'선택적 함구증'은 아이들이 말할 수 있는 기능을 갖추고 있는데도 말을 안 하는 경우에 해당됩니다. 선택적 함구증은 불안장애 범주에 속합니다. 심리적으로 불안함을 느끼면 아이들이 말을 하지 않습니다. 예를 들어, 신생아처럼 너무 어린 나이에 어린이집에 맡겨졌다거나, 부모님이 자주 싸워서 집안 분위기가 호전적일 때 아이들은 불안함을 느끼며 말하기를 거부합니다. 신생아처럼 어린 아기들은 양육자가 바뀌어도 모를 것이라고 생각하는 부모님들이 있습니다. 엄마가 돌보든, 어린이집 선생님이 돌보든 누군가 어른이 돌봐주고 있으면 된다고 생각합니다. 그러나 아이들은 다 압니다. 적어도 생후 1년까지는 주 양육자 1명이 일관되게 돌보는 것이 좋습니다. 하루에도 몇 번씩 주 양육자가 자주 바뀌게 되면 아이는 혼란스러워할 수 있습니다. 아침에는 어머니가 돌봤다가, 장시간 동안 어린이집 선생님이 돌봤다가, 하원 후 할머니가 돌봤다가, 어머니 퇴근 후 어머니가 돌보게 되면, 하루에도 몇 번씩 주 양육자가 바뀌는 셈입니다. 어린 아기는 주 양육자와 상호작용 하면서 정서적 안전감을 느끼며 이 세상이 안전한 곳이라는 것을 배웁니다. 그런데 주 양육자가 자주 바뀌게 되면 아이는 불안해질 수 있습니다. 안전감을 느낄 수 있는 대상이 일정하게 유지되지 못하는 것입니다. 어린 유아는 자신의 불안감을 어떻게 다루어야 하는지 모르기 때문에 세상으로부터 자신을 보호하기 위해 말하지 않는 방법을 택하게 됩니다.

그래서 말을 안 하는 것입니다.

② 불안하면 말을 안 해요

부모님이 자주 싸우는 환경에서 자라는 아이들 중에 선택적 함구 증이 있는 아동이 있을 수 있습니다. 부모님이 자주 싸우게 되면 아이들은 무서워하고 불안감을 느끼게 됩니다. 집이 안전한 곳이라는 생각이 들지 않게 됩니다. 집안 분위기가 늘 높은 긴장 상태라면, 아동은 그러한 환경으로부터 자신을 보호하기 위해 외부자극에 반응하지 않는 방법을 택하게 됩니다. 그러면서 말을 안 합니다. 부모님은 아동이 대답을 안 하면, 말을 못 한다고 걱정하며 아이를 어린이병원에 데리고 옵니다. 이런 경우는 부모님 두 분의 관계성에 변화를 주거나 가정 분위기에 변화를 주면, 아동이 서서히 입을 열면서말하게 됩니다.

③ 말이 터질 때까지 오래 기다리지 마세요

아동의 말하는 기능이 또래에 비해 부족한 것을 알면서도 기다리는 어머니들이 많습니다. '때 되면 하겠지', 그러다가 48개월쯤 갑자기 문장으로 말하게 되는 경우, 부모님과의 의사소통에는 어려움이 없게 됩니다. 그러면 '기다리기를 잘했어. 결국 하네~'라고 생각합니다. 그런데 제가 임상 현장에서 12개월 유아부터 청소년, 성인에 이르기까지 전 연령대의 사람들을 만나서 임상적 면담을 하고 검사해 보면서 느낀 것이 있습니다. 또래에 비해 언어발달이 느렸던 아이들이 치료받지 않고 나중에 말할 수 있게 됐을 때, 대화는 가능하나 문장 구사력이나 발음 명료도가 떨어지는 경우가 많았습니다. 대화는 할 수 있습니다. 그러나 구체적으로 설명하지 못하고 말할 수 있는 단어가 제한적이며, 어휘력이 떨어지는 경우가 많습니다. 그리고 발음도 부정확합니다. 가정에서 부모님과는 의사소통에 어려움이 없는 것처럼 보일 수 있습니다. 자녀의 발음이 부정확해도 부모님은 다 알아들으니까요. 그러나 가족 외의 다른 사람이나 또래 친구들과 이야기할 때 의사소통에 제한이 있을 수 있습니다. 발음이 부정확해서 친구들이 못 알아듣겠다 싶으면 대화에 끼워주지 않습니다. 그러면 또래 관계에 어려움이 생기고 이차적으로 정서적 어려움까지 진행되는 경우들이 있습니다. 그래서 언어발달은 사회성 발달과 관련이 깊습니다. 20~40개월 유아가 또래 아이들보다 언어기능이 부족하다고 느껴진다면 일찍 언어치료를 받으면서 언어 기능을 향상시키는 게 좋다고 생각합니다. 한참 기다렸다가 나중에 치료받게 되면 중요한 치료시기를 놓쳐서 치료효과가 크게 나타나지 않을 수 있습니다.

④ 물건 던지고 때리는 아이

"선생님, 우리 아이가 자꾸 친구들을 때리고 엄마 아빠를 때려요.

 우리 아이, 발달검사 받아볼까? 심리검사 받아볼까?

성격에 문제가 있는 건가요?”

자신의 요구를 언어로 전달해야 하는데, 언어발달이 지연된 아동은 표현할 방법이 없습니다. 말로 자신의 의사를 전달하고 싶지만, 언어 기능이 부족해서 말은 할 수 없고 답답해합니다. 그래서 상대방을 밀거나 때리거나 물건을 던지는 경우가 많습니다. 이런 행동을 하는 원인은 언어발달 지연 때문입니다. 이러한 원인을 파악하지 못하는 부모님은 아동의 성격이 이상하다고 생각합니다. ‘왜 이렇게 짜증이 많지?’라고 생각합니다. 이런 아이들의 경우, 언어발달이 제대로 이루어지면 공격적 행동이 자연스럽게 줄어듭니다. 말로 표현할 수 있게 되었기 때문입니다.

⑤ 정확한 원인 파악은 전문가에게…

이처럼 아이들이 말하지 못하는 한 가지 현상에 여러 원인이 있을 수 있습니다. 그러나 부모님은 아동이 말을 못 하는 원인에 대해 잘 파악하지 못합니다. 너무 가까이 있으면 오히려 파악하기 어렵습니다. 전문기관에서 전문가가 아동을 관찰하고 어머니와 임상적 면담도 하고 객관적인 발달검사도 하여, 종합적으로 파악하여 원인을 찾는 것이 필요합니다. 발달상의 어려움 때문인지, 심리적 원인 때문인지 파악하여 힘들어하는 아이에게 도움을 주고 적절한 치료시기를 놓치지 않았으면 좋겠습니다.

반응성 애착장애

"선생님, 우리 아이가 눈맞춤이랑 호명반응이 안 되는데 자폐인가
봐요"

임상 현장에서 아이들을 만나다 보면, 다른 진단명에 속하는 경우
인데도 보이는 양상이 비슷할 때가 있습니다. 그중에서 반응성 애착
장애와 자폐가 비슷해 보일 때가 있습니다. 일단, 두 유형의 공통점
은 다른 사람에게 반응이 없다는 것입니다. 대화할 때 상대방의 눈
을 보지 않고, 불러도 쳐다보지 않습니다.

'반응성 애착장애'는 무엇일까요? 아동이 주 양육자와의 관계에서
애착을 형성하지 못한 경우입니다. 애착이란, 주 양육자와 아동과
의 관계에서 형성되는 정서적 유대감을 말합니다. 주 양육자와의 신
체적 접촉을 통해, 아동은 제일 중요한 타인과의 관계에서 안전감을
느끼게 됩니다. 발달검사 할 때 임상적 면접에서 아동의 생후 1년까
지 주 양육자가 어떻게 했는지 물어보곤 합니다. 이미 설명드렸듯이
주 양육자가 자주 바뀌게 되면 아동은 안정적으로 애착을 형성하지
못할 수 있습니다. 또는 어머니가 산후 우울증을 겪고 있을 때, 아동
에게 충분한 정서적 돌봄을 주지 못하면 아동과 어머니 사이에 애착
관계가 잘 형성되지 못하기도 합니다. 그러면 아동은 다른 사람과도
의미 있는 대인관계를 형성하지 못할 수 있습니다. 그래서 반응성
애착장애 아동들은 불러도 대답이 없고, 상호작용 시도에 반응하지

않습니다.

① 반응성 애착장애 vs 자폐 스펙트럼 장애

반응성 애착장애의 겉으로 보이는 모습은 자폐 아동과 유사해 보입니다. 사회적 의사소통에 관심 없어 보이기 때문입니다. 그러나 반응성 애착장애 아동이 자폐 스펙트럼 장애 아동과 다른 점은 상동행동이나 반향어, 감각추구 행동, 변화에 대한 거부 증상이 없다는 것입니다. 그리고 정서적인 유대감을 가질 수 있도록 주 양육자나 치료사가 정서적 돌봄을 충분히 해주면 무반응 증상이 개선됩니다.

② 신체 접촉의 중요성

어린 유아가 애착을 형성하는 것은 매우 중요합니다. 이를 위해 생후 1년까지는 적어도 1명의 주 양육자가 일관되게 유아를 돌보는 것이 좋습니다. 어머니가 일하느라 아동을 돌볼 수 없으면, 할머니가 일관되게 유아를 돌보는 것이 좋습니다. 그리고 1명의 주 양육자가 아이를 돌본다 하더라도, 신체적 접촉을 하는 것도 중요합니다. 유아를 쓰다듬어 준다거나 꼭 껴안아 주는 것과 같은 신체적 접촉을 통해 어린 유아는 정서적인 유대감을 얻게 됩니다. 해리 할로우(Harry Harlow)의 '헝겊엄마 철사엄마'라는 유명한 실험이 있습니다. 할로우가 새끼 원숭이에게 헝겊엄마와 철사엄마를 제시했을 때 새끼 원숭이의 반응을 관찰하는 실험이었습니다. 부드러운 감촉이 있는 헝겊엄마 인형의 가슴에는 우유가 없었지만, 철사엄마 인형의 가슴에는 우유병이 있었습니다. 새끼원숭이는 과연 둘 중에 어떤 엄마 인형에게 붙었을까요? 우유는 나오지 않지만 부드러운 감촉을 주는 헝겊엄마 인형에게 더 장시간 동안 붙어 있었습니다. 그만큼 신체 접촉이 중요하다는 것입니다.

③ 생애 초기의 애착 관계가 평생을 좌우한다

아이를 가만히 눕혀놓고 다른 일을 하느라 장시간 동안 방치하는 것은 좋지 않습니다. 또는 어머니가 우울증으로 유아를 쳐다보기조차도 싫다면 어머니의 산후 우울증을 꼭 치료받는 것이 필요합니다. 아이도 같이 힘들어질 수 있기 때문입니다. 어머니가 육아에 대해 버거워하고 있다면, 어머니도 주변 사람들로부터 정서적 지지를 받으면서 자녀를 돌보는 것이 좋습니다. 아동의 생후 1년 동안에 이루어진 애착 관계가 이후 대인관계에 영향을 미칠 수 있기 때문입니다. 주 양육자와 안정된 애착 관계를 형성해 보지 못한 아동은 커서도 다른 사람과의 관계에서 애착 관계를 맺기 어려워할 수 있습니다. 애착 관계를 어떻게 형성하는 것인지 경험해 보지 못했기 때문입니다. 임상 현장에서 반응성 애착장애의 경우는 흔하지 않습니다. 그래도 생애 초기에 주 양육자와의 관계에서 신체 접촉을 통해 아동이 애착을 형성할 수 있도록 돕는 것은 중요합니다.

ADHD

　몇 년 전부터 부모님들과 학교 선생님들이 ADHD라는 용어에 많은 관심을 가지기 시작했습니다. 사회적으로도 이 장애 유형이 관심을 많이 받게 된 것은, 예전에 비해 ADHD 아동이 많아졌고 이런 아동의 행동을 다루기 힘들기 때문입니다.

① ADHD가 뭐예요?

　ADHD(Attention-Deficit/Hyperactivity Disorder) 용어를 그대로 풀어서 설명하면, 주의력이 부족하고 과잉행동을 하는 장애 유형이라 생각하시면 됩니다. 진단 기준에는 12세 이전에 증상이 나타나야 하지만, 유아의 경우에는 ADHD라고 진단하지 않습니다. 너무 어리기 때문이죠. 그래도 ADHD의 가능성이 보이는 유아의 경우에는 ADHD의 가능성을 염두에 두고 치료받으라고 권합니다. 그렇다면 어린 유아들 중에 어떤 유아들이 ADHD 가능성이 있는 아이들일까요? 이 책에서는 ADHD에 대한 설명이 2번 나옵니다. 여기에서는 ADHD의 '가능성'이 있는 '유아'들의 특징을 간단히 설명드릴 겁니다. 그리고 Part. 2 심리검사 영역에 적힌 ADHD에 대한 설명은, 이미 ADHD의 특징이 명확히 나타나는 아동들, 특히 초등학생인 ADHD 아동에 대한 설명입니다.

DSM-5에는 명확한 진단 기준이 있습니다. 그러나 임상적 진단 기준을 어린 유아들에게 그대로 적용하기보다는 관련된 행동 목록을 알려드리는 것이 나을 것 같습니다.

- 어린이집에서 착석이 유지되지 않고 자리를 이탈한다.

- 지나치게 뛰어다니거나 높은 곳에 기어오르는 위험한 행동을 한다.

- 위험한 행동을 하지 말라고 반복적으로 주의를 주어도 행동을 멈추지 않는다.

- 지나치게 수다스럽다.

- 자신의 차례를 기다리지 못한다.

- 다른 친구의 활동을 방해하거나 침해한다.

이와 같은 행동을 보이는 유아라면 ADHD 가능성이 있을 수 있습니다. 물론 ADHD에는 '과잉행동/충동성 우세형'만 있는 게 아니라 '주의력 결핍 우세형', '복합형'도 있지만, 어린 유아의 경우 '주의력 결핍 우세형'보다는 대체로 '과잉행동/충동성 우세형'이 많습니다. 특히 어린이집에서 수업 시간에 착석이 유지되지 않고 돌아다니고 뛰쳐나가는 아이들은 제대로 치료받지 않으면 나중에 유치원, 초등학교에서도 동일하게 착석이 유지되지 않는 행동을 보입니다. 어린이병원에서 일하면서 동일한 아동을 시간 간격을 두고 다시 만나는

경우가 있습니다. 23개월에 과잉행동을 보인다는 문제를 주 호소로
저에게 발달검사를 받았지만 치료받지 않았고, 나중에 유치원에 가
서도 행동이 나아지지 않아 53개월에 다시 검사받으러 오는 아이가
있었습니다. ADHD는 크면 저절로 나아지는 것이 아닙니다.

③ ADHD 조기 치료

ADHD도 치료를 일찍 시작할수록 좋습니다. ADHD 치료를 한다
면 무슨 치료를 한다는 것일까요? ADHD의 핵심은 '자기조절력'입
니다. 움직이려는 충동성이 많다 할지라도 자신의 행동을 스스로 조
절하는 것을 훈련받으면 ADHD로 진행되지 않습니다. ADHD의 가
능성이 있는 유아는 심리운동치료나 놀이치료를 통해서 자신의 신
체 움직임을 스스로 조절하는 훈련을 받는 것이 좋습니다. 가정에서
아동의 행동을 통제하겠다고 부모님이 반복적으로 훈육하고 혼내도
아동의 행동이 개선되지 않을 겁니다. 이런 유아는 부모님의 훈육을
우습게 여겨서 말을 안 듣는 것이 아닙니다. 똑같은 내용으로 반복
해서 혼내도 나아지지 않으면, 자녀가 알면서도 부모님을 거역한다
고 생각하여 화가 날 수 있습니다. 하지만 이런 아이들은 자기 의도
와 상관없이 움직이고자 하는 충동이 계속 강하게 일어납니다. 이러
한 충동성을 스스로 조절하도록 훈련받는 것이 중요합니다. 유치원
에 가고 초등학생이 되었을 때 과잉행동이 계속되지 않도록 조기에
치료받으면 자신의 행동을 조절할 수 있게 됩니다.

우리 아이,
기질이 궁금해요

"자 이제 엄마랑 같이 여기 방에 들어가 볼까?"

28개월 서연이(가명)는 검사자를 경계하면서, 검사실에 들어가지 않고 가만히 서 있습니다. 여기는 도대체 어디인지 들어가도 안전한 곳인지 계속 살펴봅니다. 5분이 지나고 10분이 지나도 검사실에 들어가지 않고 가만히 서 있다가, 어머니가 겨우 설득해서 검사실에 들어왔습니다.

"선생님, 우리 아이의 기질이 궁금해요. 내 자식이지만 도저히 이해할 수 없어요"

'기질'이 뭐예요?

어린 아동이나 청소년들을 대상으로 발달검사, 심리검사를 하다 보면, 자녀를 데리고 검사받으러 온 부모님들이 자녀의 '기질'에 대해서 많이 궁금해합니다. 자, 그렇다면 '기질'이란 무엇일까요? 아이들은 태어날 때 백지상태로 태어나지 않습니다. 저마다 고유의 특징을 가지고 태어납니다. 그것을 바로 '기질'이라고 합니다. '기질'은 타고난 특징이라 말할 수 있습니다. 이러한 기질을 바탕으로 후천적인 환경과 상호작용 하면서 형성되는 것이 '성격'입니다. '기질'은 타고난 특성이기 때문에 잘 바뀌지 않습니다.

기질검사가 있어요

기질적 특징을 이해하기 위해 개발된 검사가 있습니다. TCI(Temperament & Character Inventory) 기질 및 성격검사입니다. 유아나 아동의 경우에는 JTCI(Junior Temperament & Character Inventory)가 실시됩니다. TCI 검사를 하면 기질적 특징이 크게 2가지 유형으로 설명됩니다. 하나는 자극추구(NS), 다른 하나는 위험회피(HA) 성향입니다. 기질검사를 해보면, 기질적 특징이 어느 한쪽으로 치우치지 않고 균형적 상태인 사람이 있습니다. 이런 사람들은 어떤 상황에서든지 대체로 적응하며 지냅니다. 그러나 어느 한쪽의 기질적 성향이 명백하게 나타나는 경우, 고유의 특징이 있고 장단점이 있습니다. 그 2가지 유형에 대해 설명해 드리겠습니다.

자극추구(NS) 성향

자극추구(NS) 성향이 높은 사람은 주변을 활발히 탐색하면서 새로운 것을 시도하려는 행동을 많이 합니다. 자동차에 비유하면 자꾸 액셀을 밟는 사람입니다. 어른들 중 자극추구(NS) 성향이 높은 사람은, 식당에 가서도 "어? 새로운 메뉴 나왔다. 먹어볼까?"라고 말한다거나, 길을 지나가다가도 "어? 여기 뭐 새로운 매장이 생겼다. 재밌겠다. 들어가서 구경해 볼까?"라고 말합니다. 유아의 경우는 새로운 곳에 가면 물건을 활발히 탐색하면서 장난감을 이것저것 만지고 새로운 놀이를 시도하는 모습을 보입니다. 반면 자극추구(NS) 성향이 낮은 사람은, 새로운 것을 추구하기보다 익숙한 사람, 익숙한 장소를 선호합니다. 변화를 싫어하고 늘 하던 대로 하는 관습적인 안정성을 추구합니다. 매사에 심사숙고하고 자신의 욕구를 잘 절제하면서 살아갑니다.

위험회피(HA) 성향

위험회피(HA) 성향이 높은 사람은 위험한 요소로부터 자신을 보호하려는 행동을 많이 합니다. 자동차에 비유하면 자꾸 브레이크를 밟으려는 사람입니다. 위험회피(HA) 성향이 높은 사람은 "어? 뭐야. 이거 위험한 거 아니야? 안 해"라는 반응을 많이 보입니다. 위험 요소에 대해 미리 탐색해서 위험으로부터 자신을 보호하려는 모습을 많이 보입니다. 위험회피(HA) 성향이 높은 유아는 검사자에 대해 굉장히 경계하면서 검사실에 들어오지 않고 경계하다가 한참 후에 입실하기도 합니다. 어른 중에 위험회피(HA) 성향이 높은 사람은, 걱정이 많아서 쉽게 불안감을 느낄 수 있습니다. 그리고 걱정하는 데 에너지를 많이 소모하기 때문에 피로감을 느끼는 경우가 많을 수 있습니다. 반면, 위험회피(HA) 성향이 낮은 사람은, 걱정 근심이 없고 낙천적인 경향이 많습니다. 활력이 넘치고 자신감이 있어서 낯선 사람에게도 거리낌 없이 다가갑니다.

위험회피(HA) 성향의 장단점

성인들 중에 불안장애 유형에 속하는 사람들에게 기질검사를 해보면 대체로 위험회피(HA) 성향이 높은 것으로 나타납니다. 이런 유형의 사람들은 쉽게 불안해지는 단점이 있습니다. 한편, 위험회피(HA) 성향이 높은 유아는 외할머니 집에 가서도 선뜻 할머니 집 안에 들어가지 못하고 계속 울거나 경계하느라 아무 행동을 못 하기도 합니다. 그러다가 헤어질 때쯤 안도감을 느끼는 행동을 보이기도 합니다. 그러나 위험회피(HA) 성향이 높다고 단점만 있는 것은 아닙니다. 위험회피(HA) 성향이 높은 아이들은 사고를 치지 않고 얌전합니다. 그래서 실수가 별로 없습니다. 어머니는 자녀가 거리낌 없이 이것저것 시원하게 시도하기를 바라며 답답해하지만, 실수가 적기 때문에 사고를 뒷수습해야 하는 어려움은 적습니다.

자극추구(NS) 성향의 장단점

자극추구(NS) 성향이 높은 사람은 일단 행동부터 하기 때문에, 생각만 많이 하고 행동하지 않는 사람에 비해 추진력이 좋다는 장점이 있습니다. 반면, 충동적으로 행동하는 경향이 있어 실수하는 경우가 생깁니다. 마음이 쉽게 변하여 쉽게 흥분하기도 하고 씀씀이가 헤픈 단점이 있습니다. 자극추구(NS) 성향이 높은 유아는 장난감 1개로는 만족되지 않아, 장난감 이것저것을 다 만지고 꺼내어 활발하게 놉니다. 그래서 어머니가 장난감 치우고 정리하느라 힘들어합니다. 한편, 자극추구(NS) 성향이 낮은 사람은, 자신의 욕구를 잘 절제하고 신중하다는 장점이 있습니다. 반면, 새로운 것을 시도하지 않아 삶의 반경이 좁고, 다소 경직되어 있으며 융통성이 부족하다는 단점이 있습니다.

기질적 특징과 장단점에 대해 이해했으니, 알게 된 내용으로 자녀들을 키우는 데 적용해 볼까요? 각 기질적 특징에 따라 자녀를 키우는 요령이 약간씩 달라야 합니다.

위험회피(HA) 성향이 높은 유아를 키우는 방법

• 너무 이것저것 시도하라고 강요하지 마세요.

이런 아이를 키우면 어머니는 많이 답답해합니다. '그냥 속 시원히 시도하면 되지. 왜 이렇게 주저하는지'라고 생각하면서 자꾸 다그치게 됩니다. 그러나 아이의 주저하는 행동은 위험해 보이는 상황으로부터 자신을 보호하려는 행동일 수 있습니다. "이거 해봐라. 저거 해봐라"라고 말해도 위험회피(HA) 성향이 높은 아이는 움직이기가 쉽지 않습니다. 움직이게 되기까지 시간이 많이 걸립니다. 재촉하지 마시고 기다려 주세요.

• 너무 많은 바깥 활동이나 수업은 자제해 주세요.

문화센터에 좋아 보이는 수업들, 이 세상에 즐기고 배울 수 있는 게 얼마나 많은데… 그 모든 것을 다 경험하게 해주고 싶은 게 엄마 마음입니다. 그러나 위험회피(HA) 성향이 높은 아이들은 너무 많은 자극이 부담될 수 있습니다. 심할 때는 많은 경험이 고통스러울 수 있습니다.

• 새로운 것을 경험하게 할 때는 단계적으로 조금씩 익숙해지도록 기다려 주세요.

새로운 자극, 새로운 경험을 마주할 때 조금씩 단계적으로 받아들일 수 있도록 시간을 주세요. 자극추구(NS) 성향이 높은 아이처럼 주저함 없이 행동하도록 강요하지 않는 태도가 필요합니다.

자극추구(NS) 성향이 높은 유아를 키우는 방법

• 아동의 호기심과 행동을 너무 제한하지 마세요.

자극추구(NS) 성향이 높은 아이들은 주변을 활발히 탐색합니다. 궁금한 것도 많고 해보고 싶은 것도 많아서 이것저것 시도해 봅니다. 너무 산만한 정도가 아니라면 아이가 궁금해하는 것을 제한하지 않는 것이 좋습니다. 이것저것 시도하는 것에 대해서 "하지 말라"고 단속하지 마세요. 자유분방하면서도 활기차게 사는 특성대로 살 수 있도록 인정해 주는 것이 좋습니다.

• 때로는 행동의 한계를 설정해 주세요.

호기심 많은 것은 좋으나 정도가 심하여 너무 이것저것 만지고 행동이 산만하면서도 충동적이라면 어느 정도의 한계는 설정해 주는 것이 좋습니다. 부모님과 아이가 함께 의논해서 집에서 지켜야 하는 규칙을 3~5가지 정도 정해봅시다. 그리고 그 규칙을 스스로 지킬 수 있도록 도와주세요. 예를 들어, '거실에서 뛰지 않기', '식사 시간에 돌아다니지 않기'처럼 기본생활 수칙을 지킬 수 있도록 생활습관을 잡아주는 것이 필요합니다.

기질과 ADHD, 불안장애 간의 상관성

임상 현장에서 TCI(기질 및 성격검사)를 실시하면서 몇 가지 공통점을 발견했습니다. ADHD 아동의 경우, TCI 검사 결과에서 자극추구(NS) 성향이 높게 나오는 경우가 많았습니다. 반면, 불안장애 아동의 경우, TCI 검사 결과에서 위험회피(HA) 성향이 높게 나오는 경우가 많았습니다. 그렇다면 자극추구(NS) 성향이 높다고 모든 아이가 ADHD가 될까요? 그렇지는 않습니다. 자극추구(NS) 성향이 높다고 할지라도 '자기조절력'이 잘 훈련된 아동의 경우 ADHD까지 진행되지는 않습니다. 마찬가지로, 위험회피(HA) 성향이 높은 아동이 모두 불안장애가 되지는 않습니다. 기질적으로 위험회피(HA) 성향이 높다고 할지라도 자신의 불안감을 조절하는 방법을 터득한 아이의 경우 불안장애까지 진행되지는 않습니다. 이렇게 각 기질적 특징을 가진 아이들이 적응하며 잘 자랄 수 있도록 부모의 양육 태도가 중요합니다.

위험회피(HA) 성향,
불안장애가 되지 않도록…

위험회피(HA) 성향이 높은 유아는 쉽게 불안감을 느낄 수 있습니다. 위험한 상황과 요소로부터 자신을 보호해야 하니까요. 그럴 때마다 불안감이 완화되도록 부모님이 다독여 주는 것이 좋습니다. 어린 아동들은 자신의 감정을 조절하는 방법을 터득하지 못한 상태입니다. 어리니까요. 아이가 걱정할 때마다 "뭐 그렇게 걱정이 많냐"고 다그치지 마시고, 자녀의 불안감을 아이가 스스로 조절할 수 있도록 도와주는 것이 좋습니다. 걱정하지 않으려고 해도 기질적 특징 때문에 끊임없이 걱정거리가 떠오르게 됩니다. 부모님을 통해서 아동이 정서를 조절하는 방법을 터득하게 되면 혼자서도 자신의 불안감을 잘 다스릴 수 있게 됩니다.

자극추구(NS) 성향,
ADHD가 되지 않도록…

자극추구(NS) 성향이 높은 아이는 대체로 충동적으로 행동하거나 과잉행동을 할 가능성이 있습니다. 이런 아이들은 어느 정도 한계를 정해주는 것이 필요합니다. 어떤 분들은 이런 기질적 특징을 가지고 있는 아이를 내버려두는 경우가 있습니다. 집이든 식당이든 장소 상관없이 뛰어다니는 아이를 그냥 둡니다. 귀한 내 아이 주눅 들게 하고 싶지 않아서 그냥 두기도 하고, 매번 혼내도 고쳐지지 않아 포기 상태로 방치하기도 합니다. 아동의 행동을 지나치게 간섭하고 제한하는 것은 좋지 않지만, 과잉행동 하는 아동을 그대로 두는 것도 좋지 않습니다. 아이들은 자라서 이 사회의 일원으로 살면서, 사회가 바라는 규범에 맞게 자신의 행동을 스스로 조절할 줄 알아야 합니다. 장소에 따라 어떻게 행동해야 하는지 알려주고, 자신의 행동을 조절할 수 있도록 훈육하는 것이 필요합니다. 한계 설정을 하지 않으면 초등학교 교실에서 돌아다니느라 착석하지 못하고 선생님과 친구들을 힘들게 하는 아이가 될 수 있습니다.

부모와 아이의 기질적 특징이 다른 경우

부모님의 기질과 자녀의 기질이 전혀 다른 경우와 비슷한 경우가 있습니다. 기질적 특징이 비슷한 경우는 서로를 이해할 수 있지만, 너무 똑같아서 충돌하기도 합니다. 예를 들어 어머니와 자녀가 모두 자극추구(NS) 성향이 높은 경우, 둘 다 충동적으로 행동하기에 충돌이 일어납니다. 반대로 부모님의 기질과 자녀의 기질이 전혀 다르면 서로를 이해하지 못하여 갈등이 생기기도 합니다. 어머니는 '어떻게 저렇게 행동할 수가 있냐'라고 생각하며 자녀를 비난하고, 자녀는 자녀대로 힘들어합니다. 어머니와 자녀의 기질적 특징이 서로 다른 경우 중에서 가장 흔한 경우를 설명하겠습니다.

① 자극추구(NS) 성향이 높은 어머니와
위험회피(HA) 성향이 높은 아이

자극추구(NS) 성향이 높은 어머니는 경험시켜 주고 싶은 것이 너무 많아서, 이것저것 체험하게 해주려고 합니다. '이 세상에 재미있고 유익한 게 얼마나 많은데'라고 생각하면서 이런저런 체험들을 신청합니다. 그리고 자녀가 다양한 체험을 하게 되면 자기처럼 좋아할 것이라 생각하고 아이를 데리고 여기저기 다닙니다. 그러나 위험회피(HA) 성향이 높은 아이는 낯선 환경, 낯선 사람을 만나면 긴장하게 됩니다. 나를 위협할 만한 요소가 있는지 탐색해야 하고 낯선 사람과 환경에 적응하기까지 시간이 필요합니다. 새로운 환경에 곧바로 뛰어들어 놀지 못합니다. 어머니는 재미있으라고 데려간 곳이 오히려 아이에게는 힘든 곳이 될 수 있습니다. 그러면 어머니는 '이렇게 재미있는 곳에서 왜 곧바로 놀지 못하지?'라고 생각하면서 아이를 다그치게 됩니다. 위험회피(HA) 성향이 높은 아이를 키우는 부모님은 아이를 너무 많은 곳에 데리고 다니지 않는 게 좋습니다. 데리고 가도 적응할 시간을 주는 것이 필요합니다. 위험회피 성향이 높은 아이는 너무 많은 자극을 괴롭다고 생각할 수 있기 때문입니다.

② 위험회피(HA) 성향이 높은 어머니와
자극추구(NS) 성향이 높은 아이

위험회피(HA) 성향이 높은 어머니는 이 세상에 위험한 것이 너무 많다고 생각합니다. 그래서 아이가 다치지 않도록 단속하는 경향이 있습니다. 아이가 무엇인가를 시도하려고 할 때마다 하지 말라고 제한하는 경우가 많습니다. 위험회피(HA) 성향이 높은 어머니들이 주로 하는 말이 있는데, "안 돼", "하지 마"입니다. 아이가 다칠 것 같은 행동을 하면 즉시 하지 말라고 단속합니다. 물론 정말로 위험한 상황이라면 아이가 다치지 않게 도와주는 것이 필요합니다. 그러나 위험회피(HA) 성향이 높은 어머니들은 작은 것 하나에도 아이가 다칠세라 하지 말라고 말하는 경우가 많습니다. 이런 어머니들은 자기가 지나치게 제한하고 있다는 것을 자각하지 못합니다. 이러한 기질적 특징이 있는 어머니가 자극추구(NS) 성향이 높은 아이를 키우면, 아이의 행동이 온통 위험해 보입니다. 그래서 이것저것 시도하려는 아이와 매번 하지 말라고 단속하는 어머니 간에 신경전이 계속됩니다. 어머니가 보기에 '어떻게 저렇게 매번 위험한 행동을 계속하는지'라고 생각하며 자녀를 이해하지 못합니다. 반면 자녀는 '엄마는 왜 매번 내가 뭘 하려고 할 때마다 안 된다고 해?'라고 생각합니다. 그러면서 아이는 어머니에게 화가 납니다.

때에 따라서 아이가 자신의 불만감을 어머니에게 다양한 방식으로 표현하기도 합니다. 그러면 어머니는 아이를 더 이해하지 못하게 됩니다.

③ 부모 자녀 간에 기질이 다르다면?

이렇게 부모와 자녀의 기질적 특징이 정반대면 누가 누구를 이해해야 할까요?

아이는 아직 어려서 부모님을 이해할 수 없습니다. 어머니가 자신의 기질적 특징을 이해하고, 자녀의 기질적 특징도 이해하면서 받아들이는 자세가 필요합니다. '내가 보통 사람보다 위험한 요소에 민감하구나'라고 생각하고 자녀의 행동을 제한하는 횟수를 줄이는 것이 좋습니다. 또한 자녀가 자기와 똑같이 행동하기를 바라지 않는 것이 필요합니다. 기질적 특징은 잘 바뀌지 않습니다. 어머니가 자녀의 기질적 특징을 바꾸려 할수록 서로 괴로워집니다. 바꿀 수 없는 것은 받아들이는 지혜가 필요합니다.

발달검사 소개

발달검사가 뭐예요?

　'아이는 알아서 크는 거지, 뭐 굳이 발달검사를 받을 필요가 있어?'라고 생각하는 분들이 있습니다. 특히 아이들의 조부모님들은 "우리 세대는 그런 거 없어도 잘 컸다"라고 하시면서 돈 낭비하지 말고 검사받지 말라고 하십니다. 발달검사는 정상발달 아동에게는 필요 없습니다. 그러나 또래 아이들보다 발달이 지연되고 있는 아이들에게는 필요합니다. 발달검사를 통해, 각 영역의 발달이 제대로 이루어지고 있는지 확인할 수 있습니다. 인지, 수용언어, 표현언어, 소근육 운동, 대근육 운동, 사회-정서 발달, 적응행동의 각 영역별 발달 수준을 확인할 수 있습니다. 발달검사는 발달 수준이 평균에 해당하는지, 평균보다 얼마나 지연됐는지 정확한 정보를 알려줍니다. 발달검사는 아이의 수행 수준을 검사자가 관찰해서 평가하는 부분이 있고, 평상시 아동의 모습을 보고 부모가 평가하는 부분이 있습니다.

▎발달검사를 왜 받아야 하나요?

"때 되면 말할 줄 알고 기다렸는데, 끝내 못 하더라고요"
아동의 어머니가 이렇게 말하면서 초등학교 입학 전에 아이를 어린이병원에 데리고 오는 경우가 있습니다. 이처럼 다 큰 아이들이 발달검사 받으려는 경우는 아동이 말할 수 있을 때까지 기다린 것입니다. 또는 아동의 발음이 부정확하다는 것을 어머니가 인식하지 못하여 중요한 치료시기를 놓치고 뒤늦게 병원에 오기도 합니다. 기다리는 부모님들의 공통점은 '내 아이만의 발달 속도가 있다'라고 생각하는 겁니다. 물론 아이들마다 발달 속도가 다르지만 또래 아이들보다 현저히 발달 속도가 느리다면 발달검사와 치료를 받는 것이 좋

　　　　우리 아이, 발달검사 받아볼까? 심리검사 받아볼까?

습니다. 초등학교 입학 직전에 언어치료를 받으면 24~48개월에 치료받는 것보다 치료효과가 크게 나타나지 않을 수 있습니다. 그리고 치료효과가 나타나기까지 시간이 많이 소요됩니다. 한편, 초등학생의 발음이 부정확한데도 언어치료를 받지 않았다가 다른 정서 문제로 종합심리검사를 받으러 오는 경우도 있습니다. 어머니는 아동과 대화하는 데 전혀 어려움을 느끼지 못해 검사나 치료의 필요성을 느끼지 못한 것입니다. 어머니는 자녀의 발음이 부정확해도 다 알아듣습니다. 내 자녀니까요. 그러나 다른 친구들과 대화할 때 발음이 부정확하면 친구들이 대화에 끼워주지 않아 또래 관계와 사회성 발달에 어려움이 생깁니다. 그로 인해 이차적으로 정서 문제까지 진행되기도 합니다. 중요한 치료시기를 놓치는 아이들을 많이 보면서, 이런 아이들이 조기에 치료를 받았으면 하는 마음이 큽니다. 다른 아이들은 문장으로 말하는데 우리 아이만 단어 몇 개로만 말한다거나 전혀 말하지 못하는 아이들, 또는 다리의 힘이 부족해서 걷다가 자주 넘어지는 아이들, 손을 사용한 움직임이 서투른 아이들은 발달검사 받는 것이 좋습니다. 제대로 정상발달 하고 있는지 발달검사를 통해 확인하여 부족한 부분은 조기에 보완하는 것이 필요합니다.

발달검사는 어떤 아이가
받아야 하나요?

30개월이 지났는데도 여전히 한 단어로만 말한다면 발달검사 받는 것이 좋습니다. 24~33개월 시기에 두 단어 이상의 조합으로 말할 수 있게 되는데, 수용언어 즉, 언어이해력이 괜찮다면 말하는 기능이 조금 부족해도 기다려 볼 수 있습니다. 그러나 35개월이 됐는데도 말할 수 있는 단어가 10개 미만이거나 두 단어 조합으로 말하지 못하면, 기다리지 말고 발달검사를 받는 것이 좋습니다. '시간이 지나면 다 괜찮아진다'라고 생각하는 부모님들이 계십니다. 아이들은 연령에 맞는 발달과제들을 적절한 시기에 습득하면서 발달하게 됩니다. 아이들의 발달은 어른들이 크게 도와주지 않아도 스스로 발달하게 되었습니다. 그러나 발달할 수 있는 힘이 부족한 아이들이 있습니다. 그러면 또래 아이들보다 발달 속도가 느려집니다. 이런 아이들을 그냥 기다리기만 하면 또래 아이들보다 뒤처진 채로 시간만 흐르게 되는 경우가 많습니다. 언어치료나 놀이치료를 받는 것은, 아이가 뭔가 문제 있어서 치료를 받는 것이 아니라 지연된 발달을 촉진시켜 주기 위해 치료를 받는 것입니다. 발음이 부정확한 아이를 그대로 두면, 이상하게 발음하는 방식이 굳어집니다. 언어 기능은 단순히 말 자체의 기능만 있는 것이 아닙니다. 다른 사람과 소통하는 데 그 기능을 발휘하기 때문에, 언어 기능에는 사회성 발달이 포함되어 있습니다. 발음이 부정확하거나 대화 주제에 맞게 말을 하지 못하거나 구체적으로 말하지 못하면 나중에 친구를 사귀는 데도 어려움을 겪을 수 있습니다. 이런 아이들은 발달검사를 통해 언어발달 수준을 확인하고 언어치료를 받는 것이 좋습니다. 언어 외에도 소근육이나 대근육 운동 기능이 부족한 아이들도 발달검사를 받는 것이 좋습니다. 소근육 운동은 손을 사용한 미세한 움직임을 조절하는 기능으로, 숟가락질이 서툴거나 연필을 쥐고 낙서 그리기도 잘되지 않는 아이들은 소근육 운동 기능이 부족한 것일 수 있습니다. 대근육 운동은 팔과 다리를 사용하여 몸 전체의 움직임을 조절하고 균형을 유지하는 기능을 말합니다. 자주 넘어지거나 계단 오르내리기를 잘하지 못하는 아이들도 발달검사를 통해 신체발달 수준을 확인하여 감각통합치료를 받으면 몸의 균형을 유지하는 기능이 향상됩니다.

발달검사는 누가 하나요?

"무슨 일 하세요?"
"임상심리사로 일해요"
"우와~ 뭔가 멋있어요. 그러면 상담하시는 거예요?"
제가 사람들을 만날 때 자주 받는 질문입니다.

임상심리사라는 직업이 흔하지 않고, 그 분야에 대해 잘 모르는 사람은 주로 '상담'하는 사람으로 생각합니다. 물론 임상심리사도 상담 업무를 합니다. 그러나 임상심리사의 주요 업무는 '평가'입니다. 임상심리사는 발달검사나 심리검사를 하여 검사 결과를 분석하고 평가보고서를 작성하여 그 결과에 대해 피검자나 부모에게 설명하는 일을 합니다.

발달검사와 심리검사를 할 수 있는 자격은 3부류로 나눠집니다.

- 임상심리전문가

- 정신건강임상심리사 1, 2급

- 임상심리사 1, 2급

비슷해 보이는데 무슨 차이가 있는지 궁금하시죠?

자격명	자격 구분	시행기관	비고
임상심리전문가	민간자격	한국심리학회 & 한국임상심리학회	석사 이상
정신건강임상심리사	국가전문자격 (정신보건법)	보건복지부	1급: 석사 이상 2급: 학사 이상
임상심리사	국가기술자격 (국가자격기술법)	산업인력공단	1급: 석사 이상 2급: 학사 이상

(출처: 네이버)

우리 아이, 발달검사 받아볼까? 심리검사 받아볼까?

임상심리전문가는 '임상심리' 전공으로 석사 과정을 졸업한 후, 병원 수련을 위한 시험을 통과해서 병원에서 3년간 수련 받고, 이후에 자격증을 위한 시험을 통과하면 받을 수 있는 자격입니다.

임상심리사 2급은 별도의 수련 과정 없이 '심리', '상담', '치료'가 포함되는 전공으로 석사 과정을 졸업한 사람은 시험 볼 자격이 주어지고, 합격하면 곧바로 자격증을 받을 수 있습니다. 또는 4년제 대학교를 졸업하고 1년 실습 수련이나 2년 실무 경력이 있으면 2급 시험을 볼 수 있습니다. 그렇게 임상심리사 2급 자격증으로 일한 지 4년의 경력이 채워지면 1급 시험을 볼 자격이 주어집니다.

정신건강임상심리사는 임상심리사 2급 자격증이 있는 사람이 병원에서 1년간 수련을 받고 시험에 합격하면 정신건강임상심리사 2급 자격증을 받을 수 있습니다.

심리평가든 발달평가든 평가하는 과정은 간단하지 않습니다. 한 사람을 깊이 이해하는 과정이므로 어렵습니다. 사람의 생김새가 다양하듯 그 사람이 살아온 과정이나 특성이 매우 다양하기에 더 어렵습니다. 그래서 이론만으로 간단하게 설명이 안 되는 부분이 많습니다. 임상심리사로 전문성을 쌓으려면, 이론을 공부하는 것만으로는 안 되고 반드시 수련을 받아야 합니다. 슈퍼비전을 통해서 사례 개념화를 배우고, 평가보고서 작성하는 방법을 배워야 합니다. 그러나 임상심리사 2급 자격증을 가지고 일하는 사람들 중, 별도의 슈퍼비전이나 수련 과정 없이 그냥 일하는 분들이 있습니다. 임상심리사

2급 자격증은 자격 과정에 수련 과정이 없기 때문입니다. 사실 슈퍼비전이나 수련을 받으려면 돈이 많이 듭니다. 저도 3년간 모든 검사 케이스에 대해 슈퍼비전을 받을 때, 제가 받은 급여를 그대로 슈퍼비전 비용으로 다 사용했습니다. 임상심리사 2급 자격증을 취득했다고, 전문가라고 생각해서 슈퍼비전 안 받는 사람들도 있고 돈이 아까워서 안 받는 사람들도 있습니다. 이런 사람들은 자기 임의대로 추측해서 평가보고서를 작성합니다. 이러한 행동은 매우 위험한 행동일 수 있습니다. 따라서 검사를 실시하는 검사자가 임상심리사 2급일 때는 임상심리전문가의 co-sign이 있는 보고서를 받는 것이 좋습니다. 임상심리전문가의 co-sign은 임상심리전문가가 슈퍼비전 해줬다는 사인입니다. 이렇게 작성된 평가보고서는 믿을만한 보고서라고 생각하시면 됩니다.

발달검사는 어디에서 받나요?

그러면 어디에서 발달검사를 받을 수 있을까요? 일반적으로 종합병원이나 어린이병원 또는 소아과병원 부설 아동발달센터나 발달검사 도구가 있는 사설 상담센터에서 발달검사를 받을 수 있습니다. 부모님들은 종합병원에서 검사받는 게 가장 정확할 것 같다고 생각해서 종합병원에 많이 가십니다. 그런데 종합병원에서 작성하는 평

 우리 아이, 발달검사 받아볼까? 심리검사 받아볼까?

가보고서는 병원 규정상, 대체로 수치 위주로 굉장히 간단하게 작성하게 되어 있습니다. 그리고 검사 이후 결과에 대해 자세히 설명해주지 않는 종합병원이 많습니다. 그래서 평가보고서에 적힌 수치들이 무엇을 의미하는지 부모님들은 이해하기 어렵습니다. 발달검사한 후 결과상담이 있는지 기관에 미리 물어보고, 결과상담 해주는 기관에 발달검사를 신청하는 것이 좋습니다. 검사하는 기관이 큰지작은지가 중요한 것이 아니라 제대로 자격을 갖춘 사람이 검사하는지가 중요하기 때문에 위에서 설명한 자격조건을 참고하셔서 검사를 신청하시면 됩니다.

부모님이
자주 물어보는 질문

발달검사를 받은 후에 뭐 하나요?

발달검사를 통해 아동의 발달 수준을 확인한 후, 정상발달 수준에 미치지 못하는 경우, 대부분 치료를 받게 됩니다. 발달검사를 받고 결과가 좋지 않게 나왔는데도 치료받지 않으려는 부모님들이 있는데, 치료받기를 주저하는 여러 가지 이유가 있습니다. 치료받는 것에 거부감이 있거나 자존심이 상할 때 치료받지 않습니다. 또는 치료기관에 대해 믿음이 부족하거나 치료받아도 별 차이 없겠다고 생각하는 등, 치료에 대해 회의적일 때도 거부합니다. 조금 기다려 보면 나아지겠지라는 생각에 치료를 받지 않기도 합니다. 그러나 수많은 아동을 검사하다 보면, 저에게 발달검사를 받고 발달 지연 결과가 나왔는데도 치료받지 않고 기다리다가 결국 6개월이나 1년 후 치료받으려고 재검사를 요청하는 경우가 있습니다. 다시 검사해 보면 발달 수준이 그대로이거나 더 낮아지는 경우가 있습니다. 발달검사 결과가 평균보다 낮거나 정상발달이 아닌 경우에는 치료받는 것이 낫습니다. 어릴 때 치료받아 기능 수준을 올리는 게 좋습니다. 기다렸다가 더 나이 들어서 치료받게 되면 치료효과가 적을 수 있기 때문입니다.

그렇다면 어린이병원이나 아동발달센터에는 어떤 치료들이 있을까요?

　　– 언어치료

　　– 인지학습치료

　　– 놀이치료

　　– 감각통합치료

　　– 심리운동치료 vs 특수체육

　　– 음악치료

　　– 미술치료

아동과 관련된 기관마다 이 모든 치료 세팅이 다 있는 것은 아닙니다. 대체로 큰 어린이병원에는 이 치료 세팅이 모두 갖추어져 있지만, 작은 사설 아동발달센터는 일부 치료만 있는 경우가 많습니다. 어떤 치료적 기법이든, 대부분 '40분 수업+부모상담 10분', 이렇게 진행됩니다. 부모상담에서는, 40분 치료시간 동안 아동이 보였던 모습과 그것에 대한 해석을 부모님에게 설명합니다. 그리고 가정에서 이렇게 해보시라는 코칭과 함께 치료에 도움 되는 방법들을 안내합니다. 그렇다면 각 치료기법들은 무엇을 어떻게 치료하는 것인지 간단하게 설명하겠습니다.

언어치료

어떤 기관이든 언어치료 수업이 가장 많습니다. 여러 치료기법 중 어머니들이 가장 많이 신청하는 것이 언어치료입니다. 자녀가 말을 잘 못하면 말하도록 하기 위해 언어치료를 가장 많이 신청합니다. 언어치료는 무발화 아동부터 지적장애 청소년까지 다양한 스펙트럼의 아동·청소년에게 실시됩니다. 무발화 아동의 경우, 무발화의 원인이 조음 기관의 문제인지, 아니면 다른 원인이 있는지 파악하여 말할 수 있도록 언어치료사가 체계적으로 돕습니다. 말하기 위하여 조음 기관을 어떻게 사용하는지 방법을 알려주면서 연습시킵니다. 무발화 아동이 아니어도 문장을 구성하여 말하지 못하는 아동에게는 어떻게 문장을 구성하여 말하는지 알려주고, 생각과 감정을 구체적으로 표현할 수 있도록 돕습니다. 언어치료는 무발화 아동에게 만 하는 것은 아닙니다. 지적장애 청소년들도 언어치료를 받습니다. 경계선지능이나 지적장애 아동·청소년은 대화의 맥락에 맞게 말을 주고받는 기능이 부족합니다. 언어가 사회적 맥락에 맞게 사용되는 규칙을 화용론이라고 하는데, 청소년이어도 화용언어 기능이 부족하면 화용언어 기능이 향상되도록 언어치료를 받기도 합니다. 이와 같이 언어 기능과 관련된 다양한 문제를 언어치료에서 다루게 되며 언어 기능이 전반적으로 향상되도록 돕습니다.

인지학습치료

인지학습치료가 무엇인지 잘 모르시는 부모님들은 인지학습치료를 공부 잘하게 만드는 치료라고 생각하기 쉽습니다. 인지학습치료는 전반적인 발달 지연으로 인지 기능이 또래에 비해 부족한 아동들에게 실시됩니다. '인지'에 대한 다양한 정의들이 있지만, '인지'는 자극을 받아들여서 저장하고 이를 바탕으로 사고하는 정신과정을 말합니다. 어떤 아동은 시각, 청각, 촉각과 같은 감각 자극을 받아들이는 기능이 부족한 아이들이 있습니다. 어떤 아동은 자극을 기억하고 저장하는 요령이 부족하거나 기억 용량이 부족한 아이들이 있습니다. 어떤 아동은 받아들인 정보를 통해 사고하고 추론하는 능력이 부족한 아이들이 있습니다. 이러한 부족한 부분을 보완하기 위해 인지학습치료를 합니다. 인지학습치료에서 이루어지는 수업 내용은 주의력, 개념이해력, 기억력, 추론능력 등을 향상시키기 위한 활동입니다. 구체적으로는 개념화 활동, 유목화 활동, 순서화 활동 등을 합니다. 예를 들어, 그림 자료를 제시하고 과일끼리 묶어보는 활동을 하거나, 같은 모양끼리 묶는 활동을 하기도 하고, 일의 순서대로 배열하는 활동을 하기도 합니다. 또는 문제 상황에서 어떻게 해결해야 하는지 방법을 고민해 보게 하고, 몇 가지 단서를 주고 결과를 유추해 보는 활동을 하기도 합니다. 집중하는 시간을 늘리는 인지훈련을 하기도 하고, 기억 용량을 늘리는 활동을 하기도 합니다. 전반적인 발달 지연 아동뿐만 아니라, 경계선 지능 아동이나 지적장애 아동·청소년들의 인지 기능을 향상시키기 위해서도 인지학습치료를 합니다.

놀이치료

아동발달센터에서 언어치료 다음으로 인기가 많은 치료가 바로 놀이치료입니다. 부모님들께는 단어가 주는 느낌 때문에, 놀이치료는 놀면서 뭔가가 치료되는 것이라고 기대하기 때문입니다. 어른의 경우, 놀이치료가 필요 없습니다. 성인은 자신이 무엇 때문에 힘들고 어떤 것 때문에 괴로운지 언어로 표현할 수 있습니다. 그래서 심리상담을 통해 대화하면서 통찰력을 얻게 됩니다. 그러나 어린 유아나 아동들은 자기가 무엇 때문에 힘든지, 자신의 감정이 무엇인지 명료하게 언어로 설명하지 못합니다. 따라서 매체를 사용해 자신의 무의식적 갈등을 간접적으로 표현하게 합니다. 놀이치료는 피규어와 같은 인형 종류나 장난감 또는 모래 등을 이용해서 생각과 감정을 표현하고 해소합니다. 그래서 이러한 치료도구를 가지고 놀이

　　우리 아이, 발달검사 받아볼까? 심리검사 받아볼까?

하는 과정을 통해 스스로 문제를 해결할 수 있도록 합니다. 놀이치료라고 해서 마냥 노는 시간이라고 생각하면 안 됩니다. 놀이치료도 이론적 기반을 바탕으로 이루어집니다. 정신분석적 놀이치료, 인지-행동 놀이치료, 융 학파 놀이심리치료, 발달놀이치료, 게슈탈트 놀이치료, 역동적 가족 놀이치료 등등, 다양한 이론을 바탕으로 놀이치료가 이루어집니다. 치료사마다 훈련받은 이론적 기법이 달라서 아동을 바라보는 관점이 약간씩 다릅니다. 어떤 이론을 기반으로 치료하는지 치료사에게 물어보고, 내 아이와 맞는 치료사인지 확인하며 치료받으면 좋습니다. 다만, 아동의 행동을 거울처럼 반영해 준다고 행동마다 "~했구나"를 연발하는 치료사는 아동에게 도움이 되지 않을 수 있습니다. 아동의 행동을 거울처럼 반영해 주는 것은 아동이 자신의 욕구를 자각하는 데 도움이 되지만, 치료사가 그 단계에 멈춰 있다면 제대로 된 치료가 진행되지 못할 수 있습니다. 치료사가 아동의 행동을 통해 깊은 내면을 파악하고 있는지 확인해 보는 것이 좋습니다.

감각통합치료

우리는 살면서 다양한 감각 자극을 경험하게 됩니다. 가만히 있어도 주변에서 들리는 소음(청각 자극), 글씨 쓸 때 볼펜의 촉감(촉각 자극), 횡단보도를 건너기 위해 바라보는 신호등(시각 자극), 밥 먹을 때 느껴지는 맛(미각 자극), 봄이면 맡을 수 있는 꽃향기(후각 자극) 등등, 이러한 다양한 감각을 늘 경험하며 살고 있습니다. 순간마다 경험하는 감각 자극을 우리는 자연스럽게 통합하면서 지내고 있습니다. 감각 자극의 통합이 잘되지 않으면, 마치, 도로 위 자동차들이 복잡하게 얽혀서 혼란스러운 상태같이 되므로 감각을 통합하는 치료를 받는 것이 필요합니다. 예를 들어, 보트를 탈 때, 발바닥이 보트 바닥에 닿는 촉감을 느끼는 촉각과, 중심을 잡기 위해 근육, 관절, 힘줄이 어느 정도로 작용해야 하는지를 조절하는 고유수용감각과, 신체 자세를 통해 중력에 대한 방향을 잡는 전정감각과, 흔들리는 보트를 바라보는 시각이 모두 통합되어야 보트를 안전하게 탈 수 있습니다.

그러나 발달 지연이나 자폐 스펙트럼 장애 아동들은 이러한 감각 통합이 잘 이루어지지 않습니다. 만약 TV를 보고 있는데 전화가 왔다면, 우리는 TV에서 나오는 소음보다 전화기에서 나오는 목소리에 좀 더 주의를 집중하고 TV에서 나오는 소리는 감각 조절을 통해 무시하게 됩니다. 그러나 이러한 감각통합이 잘 안되는 아동들은 감각 조절이 잘되지 않아, 감각 자극에 과민반응 하거나 과소반응 하게 됩니다. 이렇게 감각 자극에 과민반응 하거나 과소반응 하는 아동에게는 감각통합치료가 도움이 됩니다.

감각통합은 곧바로 자기조절(self-regulation)과 정서적 안정, 운동 계획 능력에 영향을 미치게 됩니다. 이러한 능력이 향상되도록 감각 통합은 기본이 되어야 합니다. 감각통합이 잘 이루어질 수 있도록 돕는 것은 동네 놀이터에 있는 놀이기구들입니다. 그네, 시소, 미끄럼틀, 트램펄린과 같은 놀이기구들이 시각과 촉각, 고유수용감각, 전정감각을 모두 통합하는 데 도움이 됩니다. 따라서 어린 유아를

 우리 아이, 발달검사 받아볼까? 심리검사 받아볼까?

가만히 앉혀서 책을 읽게 하거나 학습을 시키기보다는 놀이터에서 뛰어놀게 하는 것이 아동에게 좋습니다.

실제 감각통합치료에서는, 촉각 활동, 소근육 운동 활동, 대근육 운동 활동, 전정감각 활동, 고유수용성감각 활동 등을 합니다. 다양한 기법들이 있지만 구체적 예로, 고유수용성감각 활동은 줄다리기 놀이, 네발로 터널과 상자를 통과하는 기어다니기 놀이 같은 활동을 하고, 전정감각 활동으로는 큰 공 위에 앉아 바운싱 놀이, 회전의자에 앉아 회전하기, 흔들의자에 앉아 앞뒤로 흔들기와 같은 활동을 합니다. 이러한 활동을 통해 다양한 감각이 통합될 수 있도록 돕습니다.

심리운동치료 vs 특수체육

심리운동치료는 주변 세계와 상호작용 하는 신체 활동을 통해 인지적, 정서적, 심리적 변화를 유도하는 방법입니다. 심리치료와 운동치료가 함께 이루어지는 것입니다. 반면 특수체육은 장애 아동·청소년들의 부족한 운동 기능이 향상되도록 좀 더 트레이닝적인 요소가 강한 방법입니다. 따라서 특수체육은 일반 체육에서 추구하는 방향성에 좀 더 가깝습니다. 2가지 방법의 차이점을 살펴보면, 심리운동치료는 신체 움직임을 통해 심리적인 변화를 유도하는 것이고, 특수체육은 신체 운동 기능을 향상시키기 위해 특수아동 수준에 맞춘 재활치료방법입니다. 예를 들어, 소극적이고 심리적으로 위축되어 있는 아이에게 심리운동치료를 하게 되면, 신체 움직임을 통해 묶여 있던 심리적 에너지를 발산하고 신체를 활용한 성공 경험이 축적되면서 자기효능감이 향상되어 심리적 변화를 이끌 수 있게 됩니다. 특수체육은 행동 수정 및 기능 향상에 초점을 맞추어, 아동의 과잉행동이나 충동성에 대해 스스로 조절하는 능력을 키우도록 합니다.

음악치료

음악치료 전공이 우리나라 각 대학과 대학원에 개설되면서 음악치료의 저변이 확대되었으나, 실제로 음악치료를 하는 기관은 많지 않습니다. 다양한 원인이 있지만, 음악치료 받고자 하는 사람이 많지 않기 때문입니다. 아동발달센터에 언어치료수업은 많지만, 왜 음악치료는 신청하는 사람이 적을까요?

음악치료의 효과를 명확하게 가시적으로 설명하기 어렵기 때문입니다. 음악은 '예술'이고, 치료는 '과학'입니다. 음악치료는 예술이면서 과학인 셈입니다. 그래서 어떤 부분이 얼마나 나아졌는지 객관적으로 나타내 주기에는 음악이 예술이기 때문에 치료효과를 명확하게 입증하기 어려울 때가 있습니다. 물론, 음악치료를 할 때 치료목적과 목표를 정하고 시작하여, 아동이 하는 반응 중에서 몇 회 시도 중 몇 회의 유의미한 변화를 보였다는 것을 기록하고 설명하지만, 부모님에게는 이러한 것들이 잘 와닿지 않을 수 있습니다. 언어치료를 받으면 말하는 기능이 향상되는 모습이 눈에 명확하게 보이지만, 음악치료로 뭐가 얼마나 좋아졌다는 것인지 비전문가인 부모님에게는 잘 확인이 안될 수 있습니다.

 우리 아이, 발달검사 받아볼까? 심리검사 받아볼까?

음악치료는 음악성을 향상시키는 것이라고 짐작하는 부모님들도 있습니다. 기관에서 음악치료를 권해도, 음악성이 향상되게 만드는 것이라 짐작하여 음악치료를 신청하지 않는 경우가 많습니다. 자녀가 말을 잘 못해서 아동발달센터에 왔는데, 당장 말하게 만들어야지 음악성이 좋아지게 하는 음악치료까지는 굳이 신청하지 않는 것입니다.

음악치료가 뭘까요? 음악치료는 음악성을 향상시키기 위한 것이 아니라, 음악이 도구가 되어 아동의 부족한 기능을 향상시키기 위해 실시됩니다.

어떤 부모님은 음악치료를 스트레스 푸는 시간으로 생각하기도 합니다. 언어치료 받으면서 스트레스받은 것을 음악치료에서 풀라고 하는 경우도 있습니다. 악기를 신나게 연주하다 보면 스트레스가 풀릴 것이라 기대하는 것이죠.

그렇다면 다양한 치료방법 중 음악치료만이 가지고 있는 차별점은 무엇일까요?

음악은 비언어적 의사소통의 채널이 되어 상호작용 할 수 있는 강점이 있습니다. 언어적 접근법으로 치료받아도 치료효과가 잘 나타나지 않을 때 음악치료가 효과적일 수 있습니다. 자폐 아동은 사회적 의사소통에 결함이 있어서 대화하기 어렵고 언어 지시에 반응하지 않는 경우가 많습니다. 반향어나 상동행동 때문에 의사소통하기 어려운데, 이런 자폐 아동에게 음악치료가 효과적입니다. 말하지 않아도, 음악을 통해서 서로 상호교류 할 수 있기 때문입니다. 무발화 아동도 언어 자극에는 반응하지 못해도, 음악 자극에는 반응할 수 있습니다. 이같이 언어적 치료기법이 통하지 않을 때 음악치료를 받는 것이 도움 됩니다.

그리고 음악은 감정을 불러일으키기 때문에, 정서 교류가 잘 안되는 아동이나 정서조절이 잘 안되는 아동에게도 효과적입니다. 음악 자극을 통해 치료사와 감정을 주고받는 활동을 하면서 정서를 교류하는 방법을 배울 수 있습니다. 감정 기복이 심한 아동의 경우 감정 조절하는 것을 음악 활동을 통해 배우게 됩니다. 이외에도 청소년과 성인에게도 음악치료가 도움 되는 점이 많지만, 이 책에서는 어린 아동에게 실시되는 음악치료의 강점만 설명하겠습니다.

미술치료

임상 현장에서 일하다 보면, 주로 초등학교 저학년 아동에게는 음악치료가 많이 실시되고, 초등학교 고학년 이상일 때는 미술치료를 하는 경우가 많습니다. 초등학교 고학년 학생은 음악치료 활동이 유치하다고 생각하는 경향이 있기 때문입니다(물론, 청소년에게도 음악치료가 실시되고 효과가 있습니다. 아동에게 하는 치료 세션과 다르게 좀 더 심도 있고 수준 높은 음악 활동이 이뤄집니다). 초등학교 고학년부터 청소년들에게 주로 실시되는 미술치료는, 미술 활동을 통해 내면의 문제를 표현하고 해소하는 과정이라 볼 수 있습니다. 미술치료의 재료는 종이, 회화 재료(물감, 크레용, 색연필 등등), 조소 재료(찰흙, 클레이, 점토 등등), 공예 재료(가위, 칼, 풀, 테이프, 석고, 글루건) 등등 다양합니다. 자신의 심리적 문제를 명료하게 설명하기 어려워하는 아동·청소년의 경우, 미술 재료가 자신의 내면을 탐색하고 해소하는 매개체가 됩니다. 겉으로 보면, 클레이를 가지고 작품을 만드는 미술 활동과 차이가 없는 것처럼 보일 수 있습니다. 그러나 아동이 미술 재료를 통해 표현하는 과정을 치료사가 보면서 전문적 도움을 주는 것이 단순한 미술 활동과의 차이점입니다.

얼마나 치료를 받으면 좋아지나요?

"치료를 얼마나 받아야 좋아지나요?"

이 질문은 임상 현장에서 부모님으로부터 가장 많이 받는 질문입니다. 발달검사 받고 난 후, 부모님들은 걱정 반, 기대 반으로 치료를 시작합니다. 그런데 치료받으면 얼마 만에 좋아지는지, 언제까지 이 치료를 계속 받아야 하는지 궁금해합니다. 그러나 case by case여서 모든 아동에게 똑같이 적용되는 기간은 없습니다. 어떤 아동은 3개월 또는 6개월 만에 눈에 띄게 성장하는 모습이 보이는가 하면, 어떤 아동은 1년 넘도록 치료받는데 치료효과가 미미할 때도 있습니다.

언어치료의 경우, 모방이 잘되는 아동은 치료효과가 금방 나타납니다. 언어치료사가 시키는 대로 따라 하다 보면 발음도 교정되고, 발화량도 증가하게 됩니다. 그러나 타인에 관심이 적고 모방하지 않는 아동의 경우는 치료효과가 나타나기까지 시간이 많이 소요됩니다. 타인을 인식하는 것에서부터 시작하여 모방하게 되기까지 아동의 기능을 끌어올려 놓는 작업을 하다 보면 그만큼 시간이 많이 소요됩니다.

한편, 부모님이 치료에 잘 협조하는 경우는 확실히 치료효과가 금방 나타납니다. 치료사에게 아이를 치료하라고 맡기고 부모님의 양육 태도를 바꿀 생각을 전혀 안 하면서 협조하지 않는 부모님들이 있습니다. 치료가 이루어질 때 40분 치료 세션, 10분 부모상담이 진행됩니다. 부모상담 시간에는, 치료시간 동안 보였던 아동의 반응에 대해 알려주고, 가정에서 아동을 대할 때 어떻게 해야 하는지 알려줍니다. 그러나 어떤 부모님은 자녀를 대하는 방식에 변화 주기 싫어하거나 귀찮아합니다. '치료는 치료사가 알아서 하겠지'라고 생각합니다. 하지만 일주일의 대부분 시간 동안 부모님과 함께 있고, 치료사는 일주일에 한 번 40분만 만나는 것이기 때문에, 가정에서 부모님의 양육 태도를 바꾸어야 진정한 변화가 완성됩니다. 치료사가 조언해 준 내용을 가정에서 잘 적용하면 치료효과가 확실히 금방 나타납니다.

그런데 6개월이 됐는데도 치료효과가 잘 나타나지 않으면, 치료사 선생님을 바꾸는 것도 괜찮습니다. 치료사들은 정규과정에서 이론을 배우고 훈련받는데, 다양한 이론을 배우면서도 치료사마다 선호하는 이론이 있습니다. 그 이론을 좀 더 깊이 있게 연구하고 훈련 받으면서 이를 근거로 치료하게 됩니다. 따라서 치료사마다 훈련받은 이론이 다르고 클라이언트를 바라보는 관점이 다릅니다. 의사도 나에게 맞는 의사가 있듯이, 나와 맞는 치료사가 있습니다. 치료효과가 미미할 때는, 나의 자녀와 잘 맞는 치료사로 바꿔보는 것도 좋습니다.

유아기 아동을
어떻게 키워야 하나요?

　동네마다 인터넷 맘카페가 있습니다. 이러한 맘카페는 다른 인터넷 카페보다 굉장히 활성화되어 있습니다. 왜 이렇게 활성화되어 있을까요? 옛날에는 대가족이 함께 살았기에 어린 아기를 어떻게 키워야 하는지 어른들에게 물으며 배우면서 아이를 키웠습니다. 그래서 자녀 양육이 상대적으로 좀 더 쉬웠을 수 있습니다. 그러나 요즘은 핵가족이어서 부모는 어린 유아의 행동이 이해가 되지 않을 때 물어볼 수 있는 대상이 부족합니다. 그래서 정보를 얻을 수 있는 맘카페에 들어가서 물어보고 검색합니다. 부모님들은 내가 지금 아이를 제대로 키우고 있는지 확인하고 싶어 합니다. 그리고 궁금한 점이 많습니다. 주변 사람들에게 물어보고, 다른 사람의 육아 방법이 좋아 보이면 따라 해보기도 합니다. 그러나 엄마들이 하는 방법이 무조건 맞는 방법일까요? 임상 현장에서 많은 어머니를 만나면서 깨달은 점을 말씀드리고자 합니다.

너무 일찍 한글이나 영어를 가르치지 마세요

① 한글 학습의 적절한 시기는?

"선생님, 저희 아이는 12개월에 벌써 한글을 읽었어요"

이렇게 말하면서, 만 4세 아이가 영어, 일본어도 할 줄 안다면서 뿌듯한 표정으로 말하는 어머니를 만날 때가 있습니다. 옆집 아이는 아직 한글을 읽을 줄 모르는데, 남들보다 앞서가는 똑똑한 자녀를 두면 자랑스럽겠죠. 하지만 만 3세 이전에 글자를 학습하는 것은 오히려 독이 될 수 있습니다. 만 3세까지 우뇌가 비약적으로 발달하는 시기이고, 아직 좌뇌가 열리지 않은 시기에 일찍 글자를 알려주면 상상력과 창의력이 상대적으로 발달하기 어려울 수 있습니다. 예전에 자녀 교육에 대해 강의하시던 분이 자신의 자녀 2명을 비교하는 이야기를 들은 적이 있습니다. 첫째 아이는 일찍부터 한글을 가르쳤고, 둘째 아이는 한글을 나중에 알려줬다고 합니다. 하루는, 버스 정류장에서 초등학생이 된 자녀 둘을 데리고 버스를 기다리고 있었다고 합니다. 저 멀리서 버스가 오는데 첫째는 "631번 버스 온다"라고만 말했고, 둘째는 "저 버스가 어디서 와서 어디로 갈까? 사람들을 태우고 버스 마을에 가겠지? 거기서 다른 버스들이랑 같이 이야기할 거야"라고 말했다고 합니다. 두 아이의 차이점을 아시겠나요? 첫째는 너무 일찍 한글을 배워서 딱 글자만 읽었습니다. 그러나 한글을 늦게 배운 아이는 문자를 읽기보다는 상상력을 발휘해서 창의적인 생각을 합니다. 한글 학습의 가장 적절한 시기는 만 5세 즈음입니다. 초등학교 입학 1년 전부터 한글 학습을 해도 늦지 않습니다. 한글은 학습지를 통해 학습하듯이 배우는 것보다 어머니가 책을 읽어주면서 자연스럽게 습득하는 것이 더 좋은 방법입니다. 책으로 육아하겠다고 만 1~2세 아이들에게 과도하게 책을 많이 읽어주는 어머니들이 있습니다. 책은 만 4세 즈음부터 읽어주면서 차츰 글자에 노출시켜 주고 본격적인 한글 학습은 만 5세에 하는 것이 좋습니다. 유럽에서는 취학이 된 8세가 된 후에 글자를 배운다고 합니다. 좌뇌가 열리는 만 5세 이전에 한글을 학습하는 것은 아직 글자를 받아들일 나이가 안 된 아이에게 스트레스를 주는 행동일 수 있습니다. 너무 일찍 한글을 학습한 아이들을 임상 현장에서 만날 때가 많은데, 조기 교육의 스트레스로 틱(tic) 장애가 생기는 경우가 많습니다. 옆집 아이가 벌써 한글을 읽을 수 있다고 조급해하지 마세요. 두

뇌가 문자를 받아들일 상태가 아닌 어린 나이에 글자를 배우면 틱 (tic)을 포함한 여러 가지 정서적 어려움이 생길 수 있습니다.

② 어릴 때부터 영어 환경을 만들어 주겠어

영어에 관심이 많은 어머니들은 영어유치원에 보내기도 하고, 가정에서 한국어를 쓰지 않고 영어로 말하기도 합니다. 심지어 영어 환경을 만들어 주기 위해 필리핀 보모를 쓰기도 합니다. 이렇게 영어 환경에서 자라는 아이들 중에 영어를 잘 습득하는 아이들도 있지만, 영어유치원에 잘 적응하지 못하는 아이들도 있습니다. 영어유치원에 적응하지 못하고 정서적 어려움이 생겨서 심리검사 받으러 오는 아이들이 많습니다. 자녀가 영어유치원에 잘 적응하지 못하고 힘들어한다면, 버티게 하기보다 일반유치원으로 옮기는 것이 낫습니다. 그리고 영어를 모국어처럼 배우게 되면 영어만 잘하게 됩니다. 영어유치원에서 교육시켜서 해외 학교나 '바칼로레아'와 같은 국제 학교를 보내는 것이 아니라면, 모국어부터 제대로 습득하는 것이 낫습니다. 한국에서 이루어지는 교육은 한국어를 기반으로 하기 때문에 일단 한국어부터 잘해야 합니다. 영어를 모국어처럼 배운 아이는 한국어로 설명되어 있는 사회나 역사, 과학 문제를 잘 이해하지 못하여 영어를 제외한 다른 과목에서 학업성취도가 낮은 경우가 있습니다. 학년이 올라갈수록 한국어로 된 지문의 내용이 더 어려워지기 때문에, 영어를 모국어처럼 배운 아이들은 한국어 문해력이 부족하여 학년이 올라갈수록 학업성취도가 떨어질 수 있습니다. 어린 유아기에 영어를 잘하면 어머니로서 뿌듯할 수 있으나, 이런 이유로 학년이 올라갈수록 후회하는 경우들이 있습니다. 외국어는 모국어를 기반으로 배우는 것이므로, 모국어부터 제대로 습득하는 것이 좋습니다. 모국어를 통해 언어의 구조를 제대로 익혀야, 이를 기반으로 다른 언어도 배울 수 있는 것입니다. 영어유치원에서 영어를 습득하면, 그 영어 실력을 유지하기 위해 계속 영어 환경을 만들어 줘야 하고 그만큼 엄청난 비용으로 사교육을 해야 합니다. 모든 방법에는 명과 암이 있기에 참고하시기 바랍니다.

유튜브나 동영상 시청이 아이의 발달을 방해해요

① "선생님~ 유튜브 없이는 육아할 수 없어요"

요즘 식당에서 밥을 먹다 보면 다른 테이블에 어린 유아를 데리고 식사하는 젊은 부부들을 보게 됩니다. 식당에서 대부분의 아이들이 동영상을 시청하고 있습니다. 어린아이들이 동영상을 보는 동안은 조용합니다. 동영상이 엄마 아빠를 도와주는 효도템처럼 느껴지기까지 합니다. 그런 동영상을 보여주지 않으면, 아이들이 부모님에게 이런저런 요구를 하며 떼쓰거나 울거나 식사하지 않아 부모님이 힘들어집니다. 그래서 편하게 식사하기 위해 어린 자녀에게 동영상을 보여줍니다. 그러나 이러한 동영상 시청이 아동의 언어발달에 오히려 안 좋은 영향을 미칠 수 있습니다. COVID-19가 시작된 2020~2022년에 태어난 아이들 중에 언어발달 및 인지발달이 지연돼서 어린이병원에 찾아오는 아이들이 많았습니다. 왜 이 시기의 아이들 중 언어발달이 지연된 아이들이 많아졌을까요? 그 당시 모든 학교와 교육기관이 한동안 문을 닫았고, '사회적 거리두기'를 하면서 대부분의 사람들이 가정에 머물러 있었습니다. 어린 유아들도 사람을 못 만났습니다. 그리고 마스크가 일상화되었습니다. 이 시기에 부모님이 하루 종일 아이를 데리고 있기 너무 힘들어서 TV나 유튜브와 같은 동영상을 하루 종일 틀어놓고 있는 경우가 많았습니다. 동영상에서 등장인물이 계속 말하니까 동영상을 통해 아이가 언어를 배울 수 있을 거라고 막연히 기대하는 것이죠. 그러나 언어는 사회적 관계를 통해서 배우는 것입니다. 내가 어떤 질문을 하면 상대방이 대답하고 그것에 대한 다른 질문을 하고 대답하면서, 대화를 통해 언어를 습득하게 됩니다. 그러나 동영상은 일방적으로 계속 말하고, 아이는 가만히 보고만 있습니다. 이런 상태에서는 아이들이 언어를 습득하기 어렵습니다. 질문과 대답을 통해 표현언어와 수용언어 기능이 향상되는 것입니다. 그래서 COVID-19가 유행하던 초창기 기간(2020~2022년)에 태어난 아이들 중에 언어발달이 지연되어 어린이병원에 찾아오는 경우가 급증했었습니다.

② "우리 아이의 집중력이 엄청 좋은 거 같아요"

동영상은 말초신경을 자극할 정도로 강렬한 자극을 주는 콘텐츠로 구성되어 있습니다. 동영상을 보는 동안 굉장히 집중해서 보기 때문에, 집중력이 매우 좋은 것처럼 보일 수 있습니다. 집중력이 좋아서 그렇게 몰두하는 것이 아니라, 말초신경을 자극하는 강렬한 자극이 계속 나오기 때문에 그 자극에 사로잡혀서 쳐다보고 있는 것입니다. 이런 동영상을 자주 시청하게 되면, 말초신경을 자극하는 수준의 강한 자극이 아닐 때는 반응하지 않을 수 있습니다. 좀 더 강렬한 자극을 찾게 됩니다. 그리고 일시적 만족감을 주는 자극을 계속 추구하게 되는 경향이 생길 수 있습니다. 동영상 시청에 익숙한 아이들은 책 읽는 것에 끌리지 않습니다. 책은 글자(text)로만 적혀 있기 때문에, 동영상만큼 자신을 자극하지 못해 별로 흥미를 느끼지 못합니다. 결론적으로 이런 아이들은 어렵고 힘든 과제나 공부를 견디지 못하고, 스트레스 감내력이 부족한 아이로 자랄 수 있습니다. 어머니가 편하자고 보여주는 동영상이 자녀에게 좋지 못한 영향을 끼칠 수 있으므로 동영상은 되도록 보여주지 않는 것이 좋습니다.

③ 동영상을 끄고 아이와 대화를 많이 하세요

아이들은 어른들이 말하는 입 모양을 보면서 언어를 배웁니다. 그런데 한동안 마스크 착용이 의무화였던 기간이 있었습니다. 어린이집에서도 모두가 마스크를 착용하고 있어 아이들이 언어를 정확하게 배울 기회가 부족했습니다. 그래서 발음이 부정확해서 언어치료 받으러 오는 아이들도 많아졌습니다. 아이들은 엄마가 말하는 동안 입 모양을 보면서 배우고 있다는 것을 잊지 마세요.

어머니들 중 성격적으로 과묵한 분들이 있습니다. 말수가 적은 분들은 아이가 신생아일 때부터 자녀에게 별로 말하지 않고 그냥 해야 하는 집안일만 합니다. '어린 신생아가 뭘 알겠어'라고 생각하면서 아무 말 없이 어린아이를 돌봅니다. 언어발달 지연으로 오는 케이스 중에, 어머니의 말수가 적어서 언어자극이 적게 주어졌던 경우들이 있습니다. 아이들이 첫 단어로 "엄마"라고 말하게 되기까지, '엄마'라는 단어를 수천만 번 듣게 됩니다. 그런데 언어자극이 적게 주어진 아이들은 대체로 말하기 시작하는 시기가 또래에 비해 늦습니다. 어머니가 성격적으로 과묵하더라도 아이의 언어발달을 위해 일부러 말을 많이 하는 것이 좋습니다. 언어자극이 많이 주어지도록, 아이의 작은 행동마다 거울처럼 비춰주는 말을 하려고 노력하는 것이 필요합니다.

놀이의 중요성

① 어린 유아에게는 공부보다 놀이가 더 중요합니다

발달검사나 심리검사 받으러 오는 어머니들 중에 자기가 자녀에게 얼마나 많은 돈을 들여서 사교육을 했고 책 육아를 했는지 자랑하는 분들이 있습니다. 아주 어린 유아를 앉혀놓고 책을 열심히 읽어줍니다. 놀이를 하더라도 그 안에 학습적인 요소가 들어간 놀이를 하게 하고, 바깥 활동은 거의 안 하고 만 3세 이전의 아이들에게 한글을 가르치는 분들도 많습니다. 이런 분들은 아이의 신체 발달이 얼마나 중요한지 잘 모릅니다. 밖에서 뛰어놀면서 대근육 운동 기능이 발달하게 되는데, 그런 기회를 주지 않고 오로지 책을 읽히거나 공부를 시킵니다. 아이들은 자신의 신체를 자기가 의도한 대로 움직이는 것을 통해 자기효능감을 가지게 됩니다. 그런데 기본적인 생활습관은 가르치지 않으면서 오로지 공부만 강조하는 부모님들은, '공부만 잘하면 되지. 대근육 운동 기능은 부족해도 괜찮아'라고 생각합니다. 이렇게 어린 나이에 공부만 한 유아들 중에 소근육 운동, 대근육 운동 기능이 제대로 발달하지 못하여 의외로 자기개념이 부정적으로 형성되는 아이들이 있습니다. 앉아서 책만 읽도록 하지 마시고 밖에 나가서 뛰어놀 기회를 주는 것이 중요합니다.

② 놀이는 놀이 자체만으로 의미가 있습니다

아이들은 놀이를 통해 많은 것을 배웁니다. 어머니들 중 어떤 분은 놀이도 학습적인 내용이 담긴 놀이를 하게 하려고 합니다. 뭐라도 놀이를 통해서 배우게 하려는 것입니다. 하지만 아무 목적 없이 하는 놀이를 통해서도 아이들은 많은 것을 배웁니다. 놀이를 통해 아이들은 자신의 감정을 적절히 표현하는 방법을 배웁니다. 놀이를 통해 상대방의 감정을 파악하고 그에 맞게 정서적 교류를 하는 방법을 배우면서 사회성이 향상됩니다. 그리고 놀이 과정에서 일어나는 문제를 다루면서 문제해결력과 사고력이 향상될 수 있습니다. 놀이하면서 어떤 시도를 했을 때 실패해도 즐겁게 다시 시도할 수 있습니다. 이러한 과정을 통해 작은 성공 경험이 쌓여 자아존중감이 향상됩니다. 놀이에는 정답도 없고 오답도 없기 때문에 자기만의 방식으로 새로운 놀이를 시도함으로써 창의성이 향상되기도 합니다. 이와 같이 놀이 자체가 가지고 있는 순기능이 많은데도, 아이가 놀고 있는 것을 참지 못하고 공부를 시키려는 부모님들이 있습니다. 어머니 주도하에 학습적인 요소를 넣은 놀이를 하려고 하기보다는 아이가 주도적으로 자기가 의도한 대로 자유롭게 놀이할 기회를 주는 것이 좋습니다.

③ 대근육 운동 기능이 발달하도록…

그렇다면 어떻게 놀게 하면 될까요? 아이들 중에는 기질적으로 주변을 활발히 탐색하는 아이들이 있습니다. 이런 아이들은 자기가 놀만한 물건을 찾아서 스스로 놀이를 만들어 주도적으로 놉니다. 그러나 조용하고 차분한 아이들은 주로 가만히 앉아 있는 경우가 많습니다. 가만히 있으니 아이를 키우는 엄마는 너무 편합니다. "우리 아이는 정적인 놀이를 좋아해요"라고 말하면서 애가 가만히 있는 대로 그냥 두는 어머니들이 있습니다. 그러나 이런 아이들은 데리고 밖에 나가서 뛰어놀게 하는 것이 필요합니다. 가만히 앉아 있으려고 하는 차분한 유아들은 대근육 운동 기능이 잘 발달하지 못할 수 있습니다. 대근육 운동은 팔과 다리를 움직여서 몸 전체의 균형을 유지하는 기능을 말합니다. 아이들이 공원이나 놀이터에서 뛰어놀게 해주세요. 놀이터에 있는 놀이기구들은 아이들의 감각을 통합하는 기능을 향상시켜 줍니다. 그네나 미끄럼틀을 타면서 놀면, 몸의 위치가 계속 비뀌는 과정을 통해 전정감각과 시각, 촉각이 통합됩니다. 전정감각이란, 지구의 중력으로부터 자기 신체의 균형을 유지하는 기능을 말합니다. 자꾸 넘어지는 아이들이나 자세가 부자연스러운 아이들은 꼭 몸 전체를 움직이는 활동을 해야 합니다. 자꾸 넘어진다고 걱정하면서 업고 다니는 어머니들도 있습니다. 이렇게 되면 대근육 운동 기능이 발달할 수 없습니다. 아이의 움직임이 서툴러 넘어져도 몸을 움직이도록 기회를 주세요. 몸을 움직일수록 대근육 운동 기능이 발달합니다.

④ 소근육 운동 기능이 발달하려면?

소근육 운동 기능은 손을 사용한 움직임을 조절하는 기능을 말합니다. 아이들 중에 손의 힘이 부족한 아이들이 있습니다. 이런 아이들의 공통점이 있는데, 대체로 부모님이 다 해줍니다. 젤리 껍질을 뜯어주고, 밥을 먹여주고, 신발 신겨주는 등, 부모님이 다 해줍니다. 이렇게 되면 손의 힘이 강해질 수 없습니다. 아이가 할 수 있는 간단한 일은 스스로 하게 기회를 주어야 합니다. 밥 먹여주지 마시고 스스로 먹도록 기회를 주세요. 신발도 신겨주지 마시고 서툴러도 아이가 스스로 신을 수 있도록 기다려 주세요. 소근육 운동 기능이 발달하는 데 도움이 되는 놀이는, 주로 손을 움직여서 하는 놀이입니다. 예를 들어, '레고 블록 떼고 끼우면서 하는 놀이', '쌓기 놀이', '스티커 놀이', '낙서하기나 그림 그리기', '구멍에 끈 끼우기', '퍼즐 맞추기', '가위질', '종이접기 놀이' 등입니다. 손으로 조작하는 놀이를 할 기회를 주면, 소근육 운동 기능의 발달이 촉진됩니다.

⑤ 공부 잘한다면, 친구는 없어도 괜찮아?

어려서부터 사교육을 많이 해서 똑똑하게 자란 아이들 중에 사회성이 떨어지는 아이들이 있습니다. 이런 아이들의 부모님들은 '친구랑 어울리지 못하면 어때, 똑똑하면 됐지'라고 생각하는 경향이 있습니다. 그러나 사람의 능력은 대인관계를 통해서 발현됩니다. 나만 똑똑해서는 안 되고 사람들과의 관계에서 기능을 발휘할 수 있도록 사회적 기술을 습득해야 합니다. 어릴 때 사회적 기술을 습득하지 못한 아이들은 어른이 돼서도 사회생활 할 때 어려움을 겪을 수 있습니다. 아이들이 어려서부터 또래 관계를 맺고 유지하면서 사회적 기술을 배울 수 있는 기회를 갖는 것이 중요합니다. 한편, 부모님들 중 자녀가 사회성이 떨어진다고 아이를 비난하는 분들도 있습니다. 아이들은 태어날 때 사회적 기술을 가지고 태어나지 않습니다. 또래 관계에서 겪는 갈등 상황에서 어떻게 대처해야 하는지 알려주는 것은 부모님의 몫입니다. 아이가 사회적 기술을 가질 수 있도록 부모님이 알려주어야 합니다. 이런 상황에서는 이렇게 해보고, 그 방법이 안 통하면 다른 방법을 해보라고 알려주면서, 아이가 부모님 없이도 사회적 상황에서 적절히 대처하면서 살 수 있도록 도와주는 것이 필요합니다.

⑥ 충분히 놀 수 있는 기회를 주세요

"선생님, 저 엄마 보란 듯이 이제 공부 안 할 거예요"

이렇게 말했던 중학교 1학년 여학생을 만난 적이 있습니다. 중학교에 입학한 지 얼마 안 된 은서(가명)는 초등학교 다니는 내내 모든 과목에 '매우 잘함'을 받을 정도로 공부를 잘했습니다. 어떻게 그렇게 잘할 수 있었을까요? 어머니가 은서에게 각종 학원과 사교육을 시키면서 공부하도록 시켰고, 어머니를 이길 수 없었던 은서는 하라는 대로 열심히 했습니다. 그러다가 공부에 질려버렸고 하기 싫어진 것입니다. 그래서 초등학교를 졸업하면서부터 공부를 하지 않았습니다. 어머니의 의도대로 아이가 움직여 주지 않자, 아이가 갑자기 이상해졌다면서 심리검사실에 데리고 온 것입니다. 어린 유아들 발달검사부터 아동청소년 심리검사까지 모든 연령대의 아이들을 만나면서 한 가지 비슷한 양상을 보게 됩니다. 대부분 어머니들이 유아기 때부터 이런저런 사교육을 많이 시킵니다. 쉴 틈 없이 이 학원 끝나면 저 학원, 그리고 또 다른 학원에 다니는 아이들은 힘든 줄 모르고 합니다. 어머니가 시키는 대로 하다가 초등학교 3~4학년쯤 되면 슬슬 지치기 시작합니다. 초등학교 5~6학년쯤 되면 아이들이 공부를 안 합니다. 그러면 부모님은 "착하던 우리 아이가 이상해졌다"면서 아이를 심리검사실에 데리고 옵니다.

아이의 공부 습관을 잡아준다고 하는 부모님의 시도는 오히려 공부에 질리게 만들 수 있습니다. 아이들에게 노는 시간을 충분히 주세요. 어릴 때 놀고 싶었는데 놀지 못한 아이들은 청소년기가 되면서 놀기 시작합니다. 청소년기에 놀기 시작하는 아이들은 부모님이 말릴 수 없는 상태가 됩니다.

⑦ 아이들에게도 쉼이 필요합니다

어떤 부모님은 쉬는 주말에 공부의 양을 더 많이 주기도 합니다. 아이들이 노는 모습을 보지 못하는 것입니다. 아이들은 학교와 학원 생활, 친구 관계에서 많은 에너지를 소비하기 때문에 사실 많이 힘듭니다. 아이들도 쉼이 필요한데, 쉴 기회도 안 주는 것이죠. 주말에는 조금 쉬면서 놀게 해주세요. 서울에서 부산까지 한 번도 쉬지 않고 자동차를 운전하면 어떻게 될까요? 갈 수는 있지만 자동차가 고장 날 수 있습니다. 대학입시까지 긴 장거리 달리기라고 생각했을 때, 초반에 무리하게 전력 질주 하다가 지쳐버리지 않게, 중간중간에 쉴 수 있는 기회를 주는 것이 좋습니다. 많은 아이들이 초등학생 때 전력 질주 하다가 중학교에 들어가면서 지칩니다. 중·고등학생 시기야말로 '자기 힘'으로 '자기'가 달려야 하는 시기입니다. 그전에 힘이 빠지지 않도록, 사교육은 적당한 선에서 하고, 아이들에게 충분히 놀 시간과 쉬는 기회를 주는 것이 좋습니다.

자조기술 습득

자녀에게 자조기술 및 생활습관을 가르쳐 주는 것도 중요합니다. 48개월이 지난 아이인데도 어머니가 양말 신겨주고 신발 신겨주고 모든 것을 다 해주는 동안 아이는 가만히 서 있는 경우를 봤습니다. 모든 육아의 최종목표는 '자립'입니다. 언젠가 어머니 없이 아이가 살 수 있도록 가르치고 알려줘야 합니다. 숟가락질, 젓가락질, 혼자 옷 입고 벗기, 화장실 보기와 같은 자조기술에 대해 '크면 다 알아서 하겠지'라고 생각하면 안 됩니다. 자조기술은 저절로 습득되는 것이 아닙니다. 부모 도움 없이 아이가 혼자 많이 해봐야 습득될 수 있습니다. 귀한 우리 아이 힘들지 않게 엄마가 다 해주면, 아이는 엄마 없이 아무것도 못 하는 사람이 될 수 있습니다. 젤리 껍질도 혼자 까 보도록 기회를 주세요. 혼자 낑낑거리고 있으면 안타까워서 도와주고 싶죠? 아직 못 한다면 살짝 찢어주시고 아이가 혼자 껍질을 벗겨 내도록 기다려 주세요. 혼자 옷 입거나 신발 신는 것도 아이 스스로 해봐야 하는데, 어린이집 등원 차량을 태우려면 지각해서는 안 되기 에 어머니들은 기다리지 못합니다. 아이가 행동을 느릿느릿하게 하 고 있으면 엄마는 기다리지 못하고 결국 옷 입는 것, 양말 신는 것, 신발 신는 것까지 다 해주게 됩니다. 그렇다면 아침에 몇 분 더 일찍 깨워서 아이가 스스로 할 수 있도록 기회를 주는 것이 좋습니다. 젓 가락질을 잘 못해서 낑낑거리고 있으면 안타까워서 떠먹여 주게 됩 니다. 특히나 지저분해지는 것을 싫어하는 깔끔한 성격의 어머니들 은 아이가 숟가락질, 젓가락질이 능숙하지 못해서 음식을 여기저기 흘리는 것을 참지 못합니다. 식탁을 벗어나 도망 다니는 아이를 키 우는 어머니는, 잘 안 먹어 키가 크지 않을까 봐 강제로라도 먹게 하 려고 떠먹여 주게 됩니다. 그러나 이렇게 되면 아이의 소근육 운동 기능이 발달할 기회를 주지 않는 것과 마찬가지입니다. 식탁이 더러 워져도, 아이가 혼자 음식을 떠서 먹을 수 있게 기다려 주세요. 젓가 락질에 능숙하지 못하면, 나중에 초등학생이 돼서 급식 먹을 때 어 려움을 겪게 됩니다. 초등학생이 되면 젓가락질을 자동으로 잘하게 되는 것이 아닙니다. 그리고 숟가락이나 젓가락을 사용하여 음식물 을 입안에 넣는 과정을 통해, 손과 눈이 협응하는 능력이 향상됩니 다. 또한 젓가락 사용, 혼자 옷 입기, 신발 신기와 같은 행동을 통해 고유수용감각과 촉각, 시각이 통합됩니다. 고유수용감각이란, 자신 의 신체 움직임 정도를 스스로 파악하는 감각입니다. 예를 들어, 신발 끈을 묶을 때, 어느 정도로 손가락을 움직이고 힘을 줘야 하는지 고유수용감각을 통해서 파악하여 신체 움직임을 적절하게 조절할 수 있습니다. 부모님이 떠먹여 주고, 입혀주고, 신겨주게 되면, 고유수용감각을 포함한 다양한 감각을 통합하는 능력이 향상되는 기회를 주지 않는 것과 같습니다. 시간이 많이 걸리더라도 아이가 스스로 할 수 있도록 기회를 주는 것이 좋습니다.

▎생활습관 가르치기

요즘은 부모님이 맞벌이로 일하느라 조부모님에게 아이의 양육을 맡기는 경우가 많습니다. 대체로 조부모님들은 손자 손녀가 너무 귀해서 아이가 원하는 대로 다 맞춰주고 최대한 혼내지 않으려고 합니다. 기본적인 생활수칙을 알려주고 훈육하는 것이 어린 유아에게 반드시 필요한데, 조부모님 중에 이런 역할을 하지 않는 경우가 있습니다. 하고 싶어도 하지 말아야 할 행동이 있고, 하고 싶지 않지만 해야 하는 행동들이 있습니다. 이러한 것에 대한 훈육이 제대로 이루어지지 않으면 아이들은 자기조절력을 갖추기 어렵습니다. 자기조절력이 부족한 아이들은 행동에 규제가 없어 어디서나 뛰어다니느라 정신없고 어른의 지시를 따르지 않게 됩니다. 어린이집이나 유치원 선생님이 이런 아이들을 지도하는 데 어려움이 많습니다.

조부모님에게 맡겨야 하는 상황일 때는, 아이의 어머니가 조부모님께 아이를 이렇게 훈육해 달라고 부탁하기도 어렵습니다. 마치 명령하는 것 같고, 부탁하는 입장에서 요구사항이 많은 것처럼 되기 때문입니다. 이럴 경우, 조부모님과 아이의 부모님, 그리고 아이가 함께 머리를 맞대고 가정에서 꼭 지켜야 하는 규칙을 정하는 것이 좋습니다. 이렇게 하면 부모님이 조부모님에게 지시하는 것처럼 되지 않고, 함께 의논해서 정하는 방식이니까 모두가 그 규칙에 책임감을 갖게 되는 순기능도 있습니다. 가정의 규칙을 잘 지킬 때마다 스티커를 주겠다고 약속하고, 포도알 10개가 묶여 있는 포도송이 그림을 냉장고에 붙여놓고, 생활수칙이나 규칙을 잘 지킬 때마다 스티커를 주는 것이 좋습니다. 보상을 눈으로 볼 수 있게 가시화하는 것이 아이들에게 도움이 됩니다. 잘할 때마다 곧바로 선물을 주기보다는 목표치를 다 이룰 때까지 인내하는 법을 배우도록 강화제를 주는 것이 좋습니다. 스티커 10개가 모이면 아동이 좋아하는 작은 선물을 주고, 10개씩 3개(총 30개)가 모이면 더 큰 선물을 주는 방식으로 하면, 그 과정을 통해 아이들은 성취감을 얻을 수 있습니다.

 가정도 하나의 사회입니다. 아이들은 어린이집, 유치원, 초등학교, 중·고등학교를 졸업한 후 사회생활을 하게 됩니다. 사회의 한 일원으로서 사회가 요구하는 규칙이나 규범에 맞게 행동하려면 어린 유아 때부터 이러한 훈련이 잘되어야 합니다. 그런데 오히려 부모님들은 선생님이 우리 아이에게 맞춰달라고 요구합니다. 아이가 속한 사회의 규칙에 아이가 맞추도록 가정에서도 지도해 주세요. 언젠가 아이는 부모님 품을 떠나 이 사회의 한 일원으로 살아야 합니다. 그 연습을 어린 유아 때부터 조금씩 훈련하는 것이 필요합니다.

가정의 질서 가르치기

① 부모로서의 권위, 중요합니다

"빨리빨리 신발 벗기란 말이야!"

검사실에 들어오기 위해 신발 벗는 과정에서, 8살 우현이(가명)는 가만히 서 있고 어머니는 신발을 벗겨주느라 애를 쓰고 있습니다. 마치 왕처럼 엄마 위에 군림해 서 있는 아이와 쩔쩔매는 엄마의 모습입니다. 아이를 기죽이지 않겠다고, 자존감 높아지라고, 자녀를 왕처럼 떠받들듯이 다 맞춰주는 부모님들이 있습니다. 과연 이렇게 하면 아이의 자존감이 높아질까요? 이런 행동이 자녀의 기를 살려주는 행동일까요?

가정도 하나의 '사회'입니다. 어느 공동체든지 질서가 필요합니다. 부모가 자녀 위에 군림하듯 권위적이어서는 안 되겠지만, 부모로서의 권위를 지키는 것은 필요합니다. 가정에서도 질서가 있어야 한다는 말입니다.

요즘은 거의 자녀를 1명만 낳기 때문에, 하나밖에 없는 내 자녀,

더 소중하게 느껴집니다. 그래서 왕자, 공주처럼 모든 것을 자녀에게 다 맞춰줍니다. 엄마는 마치 하인처럼 전락하고, 자녀 수발드느라 정신없습니다. 이렇게 자란 아이들은 유치원, 더 커서는 학교에 적응하지 못할 수 있습니다. 다른 친구들과 선생님이 가정에서처럼 다 맞춰주나요? 아니요. 아이가 유치원이라는 공동체의 규칙에 맞추어야 합니다. 하고 싶어도 해서는 안 되는 행동이 있다면 스스로 자신의 행동을 조절해야 합니다. 그런데 가정에서는 모두가 자기에게 맞춰줬기 때문에, 다른 사람이나 공동체에 맞춰보는 경험을 해본 적이 없습니다. 그래서 학교의 규칙을 지키지 않는다고 지적받습니다. 지적받아도 아이들은 왜 학교의 규칙을 지켜야 하는지조차도 모릅니다.

언젠가 자녀는 가정이라는 울타리를 벗어나 이 사회의 한 일원이 됩니다. 사회에 적응하며 지낼 수 있도록 가정에서부터 연습해야 합니다. 가정에서 지켜야 하는 규칙을 함께 정하여 지키면서 적응적으로 지내도록 훈육하는 것이 필요합니다. 옛날 우리 어른들처럼 가부장적인 아버지, 어머니가 되라는 의미가 아니라, 부모로서 권위를 가져야 합니다. '권위적'인 것과 '권위'에는 차이가 있습니다. 부모는 가정의 리더이고, 자녀를 올바르게 행동하도록 가르쳐야 하는 위치에 있는 사람입니다. 아빠가 왕이고, 자녀들은 하인처럼 되라는 의미가 아니라, 가정 안에서 질서를 만드는 것이 필요합니다. 이런 가정의 질서 안에서 아이들은 안정감을 느끼고, 가정이라는 한 사회의 일원으로 성장하면서, 가정 밖에서도 사회의 규칙에 자신을 맞추어적응적으로 지낼 수 있는 사람이 됩니다.

② 형제간에도 질서가 필요합니다

"동생이 뭘 아니~ 언니가 양보해"

2~4명의 자녀를 키우는 부모님들 중 첫째에게 이런 말을 하는 분들이 많습니다. 자녀들이 많을 때 자녀들끼리 싸우면 중재해야 하는 상황이 생깁니다. 언니와 동생이 싸우면, 부모님은 이와 같은 말을 첫째에게 많이 합니다. 이런 말을 하게 되는 이유는, 몇 살이라도 더 세상을 산 언니(오빠)가 더 성숙하기를 바라는 마음에, 이 상황을 빨리 정리해 보고자 그런 말을 하게 됩니다. 그러나 첫째 입장에서 생각해 보셨습니까? 부모님의 그런 말은 자녀에게 이해되지 않습니다. 언니라는 이유만으로 매번 양보해야 할 때마다 슬퍼지기도 합니다. 첫째인 아이들이 그리는 가족 그림을 살펴보면, 형제들 중 가장 나중에 자신을 그리는 경우가 많습니다. 자신은 형제들 중에서 우선순위가 가장 밀린다고 생각합니다. 그럴수록 첫째는 더 세게 자기주장을 하거나, 무기력하게 슬픈 아이가 됩니다. 자기주장을 세게 하면 동생들도 가만히 있지 않습니다. 결론적으로 자녀들이 모두 자기주장을 세게 하는 결과가 초래되어 더 시끄러워집니다. 이렇게 자녀가 많은 가정에서는 형제들의 관계도 질서를 잡아주는 것이 필요합니다. 무엇이든지 첫째부터 차례대로 우선순위를 정해주면, 막내가 불쌍해질 것 같나요? 아닙니다. 첫째 자녀부터 우선순위를 인정해

주면 첫째 자녀는 자기가 존중받고 있다고 생각하여 오히려 동생들을 더 챙겨주게 됩니다. 가정이라는 공동체에서 형제들 간에도 질서를 잡아주세요. 이러한 질서 속에서 아이들은 사회에 적응하며 지내는 법을 배웁니다.

심리검사

(만 4세 유아~아동청소년)

"선생님~ 심리 테스트 해주세요~"

중학생 때 수업을 듣기 싫어서, 저와 학급 친구들은 선생님께 심리 테스트 해달라고 했던 기억이 있습니다. 어떤 주제를 던져주고 그것과 관련해서 학생들이 그림을 그립니다. 이후 그 그림의 부분적 요소들이 무엇을 의미하는지 선생님이 설명해 주곤 했습니다. 그 해석이 꽤 재밌었던 것으로 기억합니다.

사람들은 심리검사에 대해서 어떻게 생각하고 있을까요?

심리검사 받으러 아이를 데려오는 어머니들 중에 위의 경우처럼 심리검사를 이해하고 있는 분들이 있습니다. 아이에게 그림검사를 하면, "어머니~ 이 그림의 이 부분은 뭘 의미하고요, 여기는 뭘 의미합니다"라고 설명해 주는 것으로 알고 있는 분들이 있습니다. 그러나 그림검사는 다양한 심리검사 중 일부분입니다.

이번 Part 2. 심리검사 영역에서는, 과연 심리검사는 무엇인지, 어떻게 이루어지는지, 심리검사가 나에게 어떤 도움이 되는지 소개하겠습니다.

아이를 키우는 부모 중에는 육아에 어려움을 느끼면서 아이의 심리상태를 궁금해하는 부모님들이 있습니다. 그래서 심리검사를 받으러 갈까 말까 고민을 많이 합니다. 학교에서 문제를 일으켜 선생님이 검사받아 오라고 해서 받으러 오는 경우가 있고, 어머니가 아이를 키우는 게 너무 힘들어 자발적으로 찾아오는 분들도 있습니다.

Part 2. 심리검사 영역은, 아이를 키우면서 심리검사 받을지 말지 고민하는 부모님들에게 도움을 드리는 내용으로 구성되어 있습니다. 임상 현장 이야기도 담겨 있기에, 부모님들에게 좀 더 실질적 도움이 되었으면 합니다. 심리검사는 무엇인지, 어떤 아이들이 받으면 좋은지, 심리검사를 받으면 무엇이 도움 되는지, 각 진단명에 따른 특징들을 설명하면서, 아이를 어떻게 키워야 하는지에 대해 설명하려고 합니다.

자, 그러면 이제 심리검사실을 한번 엿볼까요?

심리검사 받으러
오는 아이들

"심리검사 받으러 오는 사람들은 대부분 어떤 사람들이에요?"

제 주변 사람들로부터 이런 질문을 많이 받습니다. 도대체 어떤 사람들이 심리검사를 받으러 가나? 상담센터나 정신과 병원, 어린이병원에는 주로 어떤 아이들이 가는지 궁금해합니다. 임상 현장에서 다양한 케이스의 대상자들에게 심리검사를 하다 보면, 흔히 만나게 되는 유형들이 있습니다.

① ADHD가 뭔가요?

육아 솔루션을 제공하는 TV 프로그램이 사람들에게 많은 반향을 일으키면서 부모님들과 선생님들 사이에서 ADHD 유형에 관심이 높아졌습니다. 수업 시간에 돌아다니거나 교실 밖으로 뛰어나가는 행동을 하는 등, 행동이 통제되지 않는 아이들을 보면 'ADHD 아니야?'라고 먼저 의심하게 됩니다.

그렇다면 ADHD는 무엇일까요?

ADHD(Attention-Deficit/Hyperactivity Disorder)라는 용어 그대로 풀어서 설명하면, 주의력이 부족하고 과잉행동을 하는 유형입니다.

수업 시간에 돌아다니고 교실 밖으로 뛰쳐나가는 행동을 하면 대부분의 학교 선생님들은 그 아동이 ADHD라고 의심합니다. 그러나 ADHD에는 과잉행동 하는 경우만 있는 것은 아닙니다. ADHD에는 3가지 유형이 있습니다.

- 주의력 결핍 우세형

- 과잉행동/충동 우세형

- 복합형

복합형은 주의력 결핍과 과잉행동, 2가지 양상이 혼재해 있는 경우입니다.

주의력 결핍 우세형은, 흔히들 '조용한 ADHD'라고 사람들이 알고 있습니다. 선생님에게 반항적이지 않아도 수업 시간에 멍하니 앉아 있는 아이들, 자꾸 물건을 잃어버리는 아동의 경우, 주의력 결핍 우세형 ADHD일 수 있습니다.

주의력 결핍 우세형과 과잉행동/충동 우세형의 주요 특징을 보겠습니다.

주의력 결핍 우세형(다음 9개 증상 중 6개 이상의 행동이 적어도 6개월 동안 나타나 사회적·학업적 활동에 부정적인 영향을 미치는 경우)

- 다른 사람이 말할 때, 경청하지 않는 것처럼 보인다.

- 꼭 필요한 물건들을 자주 잃어버린다.

- 주의집중을 지속하지 못한다.

- 과제나 지시를 완수하지 못한다.

- 외부자극에 쉽게 산만해진다.

- 세부적인 면에 면밀히 주의를 기울이지 못한다.

- 과제나 활동을 체계화하지 못한다.

- 정신적 노력이 요구되는 과제를 기피한다.

- 일상적인 활동을 잊어버린다.

과잉행동/충동 우세형(다음 9개 증상 가운데 6개 이상의 행동이 적어도 6개월

동안 나타나 사회적·학업적 활동에 부정적인 영향을 미치는 경우)

- 손발을 가만히 두지 못하고 계속 이것저것 만진다.

- 착석이 유지되지 못하고 자리를 이탈한다.

- 지나치게 뛰어다니고 위험한 곳에 기어오른다.

- 끊임없이 움직인다.

- 지나치게 수다스럽게 말한다.

- 차례를 기다리지 못한다.

- 다른 사람의 활동을 방해한다.

- 질문이 끝나기 전에 성급하게 대답한다.

- 조용히 여가 활동에 참여하지 못한다.

(DSM-5 발췌)

이렇게 행동하는 자녀를 키우는 부모님은 아무리 여러 번 같은 말로 훈육해도 나아지지 않아서, 아동이 알면서도 부모님을 골탕 먹이거나 반항하는 것이라고 생각합니다. 그래서 더 세게 혼내거나 화를 냅니다. 그러나 ADHD 아동들은 의도를 가지고 일부러 그런 행동을 하는 것이 아닙니다. 임상 현장에서 만났던 ADHD 아동들이 주로 했던 말은 "저도 혼나게 되는 행동을 하고 싶지 않은데 자꾸 하게 돼서 속상해요"였습니다. ADHD 아동들은 특별한 의도를 가지지 않은 채 그런 행동을 하게 됩니다. 그래서 부모의 훈육만으로는 부족하고 치료가 필요합니다.

 우리 아이, 발달검사 받아볼까? 심리검사 받아볼까?

② ADHD vs 활동적인 아이

한편, 활발하고 활동적이라고 해서 모두 ADHD는 아닙니다. 'ADHD'와 '활동적인 아이'의 차이점은 '자기조절력 유무'입니다. 행동해도 될 때와 행동하지 말아야 할 때를 구분해서 자신의 행동을 조절할 수 있다면 그런 아동은 활동적이어도 ADHD는 아닙니다. 위험한 행동 그만하라고 여러 번 주의를 주어도 계속 위험한 행동을 하는 아동은 ADHD의 가능성이 있을 수 있습니다. 수업 시간에 돌아다니고 싶은 욕구를 조절하지 못하고 돌아다니는 아동에게 반복적으로 주의를 주어도 행동이 개선되지 못하면 ADHD일 수 있습니다. ADHD는 초등학교 3~4학년 이전에 치료가 이루어져야 합니다. 초등학교 5학년이 넘어가면 치료받아도 효과가 크게 나타나지 않을 수 있습니다. 되도록 미취학일 때 치료받으면서 자기조절력을 훈련받는 것이 필요합니다. 그리고 가정에서도 행동의 한계를 정해주고 감정에 휘말리지 않는 양육 태도를 갖는 것이 중요합니다.

③ ADHD 아동에게 약 먹여야 하나요?

ADHD 아동의 부모님이 가장 많이 하는 질문은, "ADHD약을 먹어야 하나요?"입니다. ADHD는 신경전달물질의 이상으로 인해 주의력이 결핍되고 과잉행동 양상을 보이게 되는데, 특히 전두엽이 제대로 기능하지 못할 때 발생합니다. ADHD약은 애를 차분하게 만드는 약이 아니라, 전두엽을 깨워서 활성화하는 약입니다. 한마디로 전두엽이 제대로 활동하도록 만드는 약입니다. 뇌의 전두엽은 행동 조절, 계획, 결정, 감정 등을 조절하는 부위입니다. 따라서 전두엽이 제대로 기능하지 못하면, 집중력이 떨어지고 산만해지는 것입니다. 만약 ADHD 증상이 심하거나, 일상생활, 학교생활에 지장이 있을 때 약물치료 받는 것이 좋습니다. 약물치료는 반드시 정신건강의학과 의원이나 병원에 가야 합니다. 그리고 약물치료만 하기보다는, 약물치료와 비약물치료(행동치료)를 병행하는 것이 좋습니다. ADHD 증상이 경미한 수준이라면, 약물치료 없이 놀이치료와 같은 비약물치료만으로 진행하는 것도 괜찮습니다.

④ ADHD 아동을 가정에서 대할 때 지침

ADHD 아동을 가정에서 대할 때 필요한 요령이 있습니다. 일반 아동을 다루는 것과 달리 몇 가지 요령이 필요합니다.

- 부탁하는 것처럼 말하지 않아야 합니다.

  (강압적이거나 권위적이지 않으면서도 명료하게 지시해야 합니다)

- 한 번에 한 가지 구체적 지시만 하는 것이 좋습니다.

  (한꺼번에 많은 것을 기억하지 못합니다)

- "가만히 있어!", "그만해!"라는 말은 소용이 없습니다.

  (ADHD 아동의 끊임없이 움직이려는 욕구는 주변 사람이 멈출 수 없습니

   우리 아이, 발달검사 받아볼까? 심리검사 받아볼까?

다. 꼼지락거리는 행동을 멈추기 어렵기에, 꼼지락거릴 수 있는 물건을 손
에 주는 게 낫습니다)

– **짧게 집중하고 쉬도록 하기**

(가만히 앉아 있기란 ADHD 아동에게는 '고문당하는 기분' 같습니다. 집중하
는 시간은 짧게 하면서 중간에 자유롭게 쉴 여유를 주는 것이 필요합니다)

– **혼내기보다는 조절하는 훈련이 필요합니다.**

(ADHD 아동의 행동은 훈육으로 나아지지 않습니다. 아이를 노련하게 대하
는 것이 필요합니다. 아이가 자신의 행동을 조절하도록 훈련하는데, 집중
지속 시간을 조금씩 늘려가는 것이 좋습니다. 3분 동안 앉아 있으면 칭찬
스티커를 주고, 다음에 5분, 7분, 10분 이렇게 집중 지속하는 시간을 늘려
가는 것이 좋습니다)

– **가정생활수칙 목록 작성**

(대부분의 ADHD 아동은 기본생활수칙조차도 하지 않으려고 합니다. 하지
않겠다고 떼쓰는 아이와 혼내는 어머니 간에 싸움이 일어납니다. 이를 방지
하고 아이가 스스로 행동하도록 가정생활수칙을 목록으로 적는 것이 도움
이 됩니다. 식사 후 양치질하기, 아침에 잠자리 정리하기와 같은 수칙을 표
로 작성해서 눈에 잘 보이는 곳에 붙여둡니다. 잘할 때마다 스티커를 붙여
줘서 스스로 행동하도록 유도하는 것이 좋습니다)

– **행동의 순서 소리내어 말하기**

(ADHD 아동들은 일의 순서를 정하는 것을 어려워하고 순서대로 행동하는
것도 어려워합니다. 어떤 과제나 행동을 해야 할 때 순서를 소리내어 말하
게 하여 실행할 수 있도록 해주세요)

– ADHD 아동을 잘 대하려면 부모와 선생님이 함께 협력해야 합니다.

   (학교에서 자리 배정할 때, 산만해질 수 있는 창가, 문 옆, 시끄러운 아이 근

   처에 앉지 않도록 하는 것이 좋습니다. 선생님과 가까운 위치에 앉도록 선

   생님과 자주 소통하는 것이 필요합니다)

불안장애 유형

:: 분리불안장애

"선생님, 아이가 초등학교 입학했는데 한 달째 등교 거부하고 있
어요. 저랑 떨어지지 않으려고 해요"

초등학교 입학 후 4월에 검사실에 온 희준이(가명)는 아침마다 어
머니와 떨어지지 않으려고 우는 아이였습니다. 억지로 어머니가 교
실에 들어가게 했으나 아침 내내 훌쩍이며 운다고 선생님도 아이를
지도하기 힘들어했습니다.

해마다 3월 말~4월이면 분리불안으로 검사실에 오는 아이들이
많습니다.

분리불안장애 아동들의 증상은 다음과 같습니다.

– 주 애착 대상(어머니)과 떨어져야 할 때 과도한 고통을 호소한다.

- 주 애착 대상(어머니)이 병에 걸려 다치거나 죽을까 봐 과도하게 걱정한다.

- 분리에 대한 공포 때문에 집을 떠나 학교 가는 것을 계속 거부한다.

- 집이나 다른 장소에서 주 애착 대상(어머니) 없이 혼자 있는 것을 과도하게 두려워한다.

- 주 애착 대상(어머니)이 곁에 없는 곳에서 자는 것을 과도하게 거부한다.

- 주 애착 대상과 떨어져야 할 때 신체증상을 반복적으로 호소한다(두통, 복통, 구토).

- 분리 주제와 연관된 반복적인 악몽을 꾼다.

(DSM-5 발췌)

이와 같은 증상이 있으면 분리불안장애에 속할 수 있습니다. 자녀가 이러한 행동을 보이면, 양육자인 어머니는 힘들 수밖에 없습니다. 계속 이렇게 지내면 어떻게 하나라는 생각이 들면서 걱정도 됩니다. 그러나 분리불안장애를 지닌 아이들은 이 문제가 평생 계속되지는 않습니다. 그래도 치료받지 않고 그대로 두면, 다른 형태의 불안장애 유형으로 변형되어 불안 상태가 계속될 수 있으니 치료를 받는 것이 좋습니다.

① 분리불안장애의 원인은?

그렇다면 분리불안장애의 원인은 무엇일까요?

어머니와 자녀가 지나치게 밀착되어 있을 때, 분리되는 것에 대한 저항이 강해질 수 있습니다. 그리고 부모가 과보호적 태도로 양육하면, 부모를 떠나 다른 공간에 가는 것에 두려움이 커질 수 있습니다. 또는 누군가의 도움 없이 혼자 무엇인가를 해야 하는 두려움 때문에 어머니에게 더욱 의존하기도 합니다. 이런 아동은 보호자와 떨어지는 것에 공포감을 느낄 수 있습니다. 이외에 어머니가 아이와 떨어지는 것을 무의식적으로 두려워하고 있으면, 그런 마음이 자녀에게 전달되어 둘 다 같이 불안할 수 있습니다. 또는 어머니와 애착이 충분히 형성되지 못한 아동은 어머니와 떨어지는 것을 불안해할 수 있습니다. 이외에 어머니가 질병으로 아픈 상태면 어머니가 빨리 죽을까 봐 두려워하여 어머니와 분리되는 것을 힘들어할 수 있습니다. 또는 동생이 태어나면서 어머니를 잃거나 뺏기는 것에 두려움이 생기면서 어머니에게 더 밀착되려고 할 수 있습니다. 이같이 아동이 분리불안을 겪는 데는 다양한 원인이 있을 수 있습니다. 그런데 아동이 분리불안장애를 겪고 있는데도 부모가 자신의 양육 태도나 아동의 특성에 대해 잘 이해하지 못하는 경우가 있습니다. 이런 경우는 심리검사 받는 것이 도움 됩니다. 아동과 어머니 자신에 대한 객관적 평가를 받으면 아동을 더 잘 이해하게 되고 해결방법을 찾을 수 있기 때문입니다.

우리 아이, 발달검사 받아볼까? 심리검사 받아볼까?

① 걱정이 많은 아이

"선생님 우리 예지(가명)는 쪼그만 애가 무슨 걱정이 이렇게 많은 지 항상 걱정해요. 작년에 〈괴물〉 영화를 봤는데, 그 뒤로 한강에 괴물이 나타나면 어떻게 하냐고 걱정하면서 한강 근처도 안 가려고 했어요. 그게 좀 지나니까 집에 귀신이 나타나면 어떻게 하냐고 밤에 잠을 못 자요. 그 증상이 없어지니까 최근에는 자기가 아끼는 아이패드를 밤에 도둑이 들어와서 훔쳐 가면 어떻게 하냐고 걱정해요"

범불안장애의 특징은 걱정하는 대상과 내용은 바뀌는데 끊임없이 걱정하는 것입니다. 한 가지 걱정에 대해 안심시키면 다른 걱정을 하고, 그것을 안심시키면 다른 것에 대해 걱정하고, 걱정이 끊이지 않습니다. 생활 전반에 걸쳐 걱정이 많아 늘 불안해합니다. 항상 긴장 상태로 지내다 보니, 몸 여기저기가 아프다고 호소하는 등, 신체 증상이 나타나기도 합니다. 이런 아이들은 자기도 걱정하기 싫은데 계속 걱정거리가 생각나서 괴로워합니다.

우리는 일상생활에서 누구나 불안을 경험할 수 있습니다. 그러나 정상적인 불안과 달리 불안장애 아동은 실제로 위협이 될 만한 요소가 없는데도 불안해합니다. 위협이 될만한 요소가 있을 때 불안 반응이 나타날 수 있지만, 위협요소가 사라지면 불안 반응이 없어지는 것은 정상적인 불안 반응입니다. 그러나 위협요소가 사라졌는데도 불안한 기분이 계속되면 이는 불안장애에 해당합니다.

② 범불안장애의 원인은?

범불안장애의 원인은 다양합니다. 유전적으로 부모님이 불안 수준이 높으면, 자녀도 걱정이 많습니다. 불안 수준이 높은 부모님은 자녀가 위험한 상황에 놓일까 봐 자녀의 행동을 단속하거나 하지 말라고 주의 주는 경우가 많습니다. 교통사고나 질병에 대한 정보를 알려주는 TV 프로그램을 자주 보고 그런 위험에 대비하기 위한 정보를 수집하여 자녀에게 알려주곤 합니다. 최악의 상황을 대비하여 자녀가 다치지 않도록 조심하라고 말하는 경우가 많으면, 자녀는 불안을 학습하게 됩니다. 이외에도 신경전달물질의 과소 또는 과다, 자율신경계가 제대로 작동하지 않는 것과 같은 원인이 작용할 수 있습니다. 그러나 심리, 사회적 원인이 가장 크게 작용한다고 봅니다.

③ 범불안장애에 대한 치료

범불안장애 아동을 부모님이 어떻게 대하는 것이 좋을까요?

자녀가 고민을 털어놓으며 이야기하면 처음에는 들어줍니다. 안심시켜 주다가 계속되면 부모님은 지치고 짜증 나고 화가 납니다. "넌 뭐 그렇게 걱정이 많아?! 그냥 걱정하지 마"라고 짜증 내면서 핀잔을 줍니다. 매사에 걱정이 많은 아이는 기질적으로 위험회피(HA)

   우리 아이, 발달검사 받아볼까? 심리검사 받아볼까?

성향이 높아서, 자신의 의지와 상관없이, 걱정할 일이 없어도 걱정거리가 떠오릅니다. 따라서 걱정하지 말라고 혼내는 것은 크게 도움이 되지 않습니다. 걱정하지 않으려 해도 나도 모르게 걱정하게 만드는 핵심 신념이 있습니다. 이런 핵심 신념을 심리상담이나 놀이치료를 통해 파악하여 인지행동치료 기법으로 치료하는 것이 효과적입니다. 그 핵심 신념이 자꾸 걱정하게 만들기 때문에, 비합리적인 신념을 인지행동치료 기법을 통해 수정해야 합니다. 걱정하지 말라고 다그치기보다 전문가에게 치료받는 것이 필요합니다.

:: 공황장애

① 공황발작

"선생님~ 마스크 때문에 숨이 안 쉬어져요~"

한창 COVID-19 때문에 마스크를 착용해야 하는 시기에 수업을 듣는 학생 중에 이런 학생들이 있었을 겁니다. 물론 온종일 마스크를 착용해야 했기 때문에 숨 쉬기 힘들었을 수 있습니다. 그런데 마스크 착용을 안 했는데도, 숨이 안 쉬어진다며 죽을 것 같다고 호소하는 아이들이 있습니다. 공황발작은 대체로 전혀 예상할 수 없는 상황에서 나타나기도 합니다. 공황발작의 증상은 다음과 같습니다.

- 심장 박동 수의 증가, 가슴 두근거림

- 몸이 떨리거나 후들거림

- 숨이 가쁘거나 답답한 느낌

- 질식할 것 같은 느낌

- 죽을 것 같은 공포

- 발한

(DSM-5 발췌)

② 공황발작이 나타나는 원인?

"선생님, 엄마인 제가 불안이 심한데, 아이도 불안해하는 게 저 때문인가요?"

자녀가 불안으로 고통스러워하면 어머니들 중에 유전 때문인지 걱정하는 분들이 있습니다. 부모의 영향이 전혀 없을 수는 없겠으나 그게 전부는 아닙니다.

공황발작은 갑자기 불안감이 증폭되는 상황에서 불안감을 통제할 수 없을 것 같을 때 나타납니다. 실제로 죽을 것 같은 공포감 때문에 구급차를 부르기도 합니다. 그러나 유아나 아동에게는 공황장애가 흔하지 않습니다. 주로 중·고등학생 이상 성인에서 나타납니다. 기질적으로 위험회피(HA) 성향이 높거나 불안정한 가정환경에서 지내고 있는 청소년의 경우, 공황발작이 나타나기도 합니다. 부모님이 심하게 자주 싸우는 가정이나, 부모님이 자주 강하게 화내거나 신체적·언어적 폭력을 가하는 경우, 부모님이 공부로 강하게 압박하는 경우, 이런 가정환경에서 자라는 청소년은 늘 높은 긴장 상태로 지내게 됩니다. 불안감을 조절할 수 있는 능력을 초과하는 강한 환경적 압박 속에서 살게 되면 공황발작이 나타나기 쉽습니다. 또는 자아의 힘이나 스트레스를 견디는 힘이 부족한 사람의 경우, 불안에 취약합니다.

③ 공황발작과 공황장애의 차이

공황발작(panic attack)과 공황장애(panic disorder)는 차이가 있습니다. 공황발작은 위에서 설명한 증상이 나타나는 경우입니다. 공황장애는 공황발작 이후 예기불안이 있는 경우를 말합니다. 또다시 공황발작이 일어날까 봐 계속 걱정하거나, 공황발작을 피하기 위한 수단으로 그 상황을 피하려는 모습을 보입니다. 공황발작은 특정 증상 자체를 말하고, 공황장애는 공황발작으로 인해 부적응을 겪고 있는 것을 말합니다.

④ 공황장애 치료

"뭐든지 마음먹기에 달려 있어. 이겨내도록 마음을 강하게 먹어"
공황장애로 고생하는 사람에게 가족을 비롯한 주변 사람들이 이런 조언들을 많이 하게 됩니다. 공황장애를 겪는 사람은 의지가 약해서 그러는 것이 아닙니다. 의지만으로는 해결되지 않는 부분이 있기 때문입니다.

공황장애를 치료하려면 약물치료와 비약물치료(심리상담)가 함께 이루어지는 것이 좋습니다. 공황장애를 치료하는 약에는 몇 가지가 있는데 세로토닌을 활성화시키는 약이 가장 중요합니다. 그리고 항불안제 중에 알프람정과 같은 약은 극심한 불안을 가라앉혀 주는 약이지만, 이것은 일시적인 효과가 있는 것이어서 근본적인 치료가 되지는 않습니다. 공황장애 증상의 정도에 따라 약물의 종류와 용량이 달라집니다. 특히 알프람정과 같은 항불안제는 불안감을 현저히 떨어트리기 때문에 즉각적인 치료가 이루어진 것처럼 느낄 수 있으나, 좀 더 근본적인 치료가 이루어지려면 비약물치료(심리상담)가 함께 이루어지는 것이 좋습니다. 약물치료로 기분은 좋아질 수 있으나, 불안 반응을 일으키게 만드는 원인에 대해 심리상담에서 다루면서 비합리적인 신념이 변화되도록 하는 것이 필요합니다. 약물치료만 하면 생각의 패턴 자체가 바뀌지는 않기 때문에 심리상담을 통해 사고 과정에 변화를 주어야 합니다.

⑤ 가정에서 할 수 있는 방법

불안장애에 걸리는 아동·청소년은 대체로 기질적으로 위험회피(HA) 성향이 높습니다. 작은 자극에도 쉽게 불안감을 느끼는 기질적 특징을 가지고 있는 경우가 많습니다. 이러한 자녀의 기질적 특징을 이해하고 자녀가 자신의 불안감을 다스릴 수 있도록 도와주는 것이 필요합니다. 무엇보다 환경적인 압박을 줄여주고 불안정한 가정환경에 변화를 주는 것이 도움이 됩니다. 내가 조절할 수 있는 정도를 벗어난 환경적 압박이 계속되면, 불안감을 조절하는 기제가 망가지게 됩니다. 위에서 설명한 가정 분위기라면 가족 구성원이 함께 이야기하면서 가정 문화와 가정의 분위기를 바꾸는 것이 필요합니다. 환경적 스트레스 요인을 줄여주는 것이 공황장애를 겪는 자녀에게 도움이 됩니다. 그리고 스트레스를 견디는 내면의 힘을 강화하기 위해, 다그치기보다는 격려해 주고 긍정적인 피드백을 주는 것이 중요합니다.

우울장애 유형

:: 소아기 우울

성인이 우울증에 걸리게 되면 기분이 가라앉으면서 축 처지고 활동량이 적어지게 됩니다. 표정도 무표정이거나 슬퍼 보이게 됩니다. 심리적 에너지 수준도 떨어지면서 사람들 만나기가 부담스러워지고 자꾸 혼자 집에 있게 됩니다. 마음에는 슬픔과 불행감, 정서적 고통이 가득하게 됩니다. 그래서 성인이 이런 모습을 보이면, '우울증에 걸렸나?'라고 생각하게 됩니다. 그러나 아이들은 다릅니다. 아동의 경우 아직 정서적으로 충분히 분화되지 않은 상태고, 자신의 감정을 자각하지 못하며 이해하지도 못합니다. 우울감을 막연하게 불편한 감정이라고 느끼기 쉽습니다. 그래서 소아기 우울은 짜증이나 화로 나타나는 경향이 있습니다.

"제 아들이 짜증이 많고 화를 자주 내요. 아무래도 분노조절장애인 거 같아요"

하면서 아이를 검사실에 데려오는 어머니들이 있습니다. 이런 아이를 심리검사 해보면 의외로 우울과 관련된 sign이 많이 나타납니다. 이런 현상은 아동뿐만 아니라 청소년에게서도 비슷하게 나타납니다. 물건 부수고, 동네에서 사람을 공격하거나 학교폭력 가해자로 물의를 일으켜 문제가 돼서 검사실에 오는 청소년들에게 심리검사를 해보면 의외로 우울과 관련된 sign들이 많이 나타납니다. 그래서 자녀가 짜증이나 화를 많이 낸다면, 화내는 행동 자체를 나무라면서, 행동만 고치려고 훈육하기보다는 왜 짜증과 화가 많아졌는지 이유를 탐색해 보는 것이 필요합니다. 아이들이 어떤 행동을 하는 데는 반드시 이유가 있습니다. 그러나 아무리 생각해도 이유를 모르겠다면 심리검사를 받으면서 소아기 우울의 원인을 찾아보고, 전문적인 도움을 받는 것이 좋습니다.

① 분노조절장애?

"선생님~ 제 아들이 분노조절장애여서, 시도 때도 없이 화내고 너무 힘듭니다"

사람들과 대화하다 보면 사람들이 '분노조절장애'라는 용어를 많이 쓰는 것을 보게 됩니다. 그러나 DSM-5에 '분노조절장애'라는 명칭은 없습니다. 분노를 조절 못 하니까 명사를 그대로 갖다 붙여서 만든 용어인 것 같습니다. 이런 아이들에 대해 DSM-5에서 명시한 정확한 명칭은 '파괴적 기분조절부전장애'입니다.

파괴적 기분조절부전장애의 특징은 계속 과민한 상태이며, 거의 매일, 하루 중 대부분의 시간에 화가 나 있는 것입니다. 언어적, 행동적 분노발작이 비정상적인 수준이며 평균적으로 일주일에 3회 이상 발생하고, 이러한 상태가 12개월 이상 계속되면 파괴적 기분조절부전장애로 진단하게 됩니다. 다만, 6세 이전이나 18세 이후에 처음으로 진단될 수 없습니다. (참고: DSM-5 발췌)

② 파괴적 기분조절부전장애 아동의 공통점

자주 화내는 아이, 화를 참지 못하고 공격적으로 행동하는 아이들을 심리검사 해보면 한 가지 공통점을 발견하게 됩니다. 부모님 중

1명이 분노를 조절하지 못하고 자주 화내는 분이 있다는 것입니다.

"선생님, 저 아빠 싫어요. 맨날 화내요. 너무 싫어"

화나는 감정이 나쁜 것은 아닙니다. 분노는 다양한 감정 중의 하나고, 때에 따라서 화가 순기능적으로 작용할 때도 있습니다. 부당한 상황에서는 적절히 화낼 줄도 알아야 합니다. 그러나 자신의 감정을 조절하지 못하고 시도 때도 없이 자주 화를 내고, 화내는 정도가 심하여, 심지어 물건을 부수거나 물리적 공격을 한다면 그것은 문제가 됩니다. 이런 식으로 화내는 아버지를 보고 자란 아이들은 불만이 있거나 불편한 감정이 들 때 똑같이 행동하게 됩니다.

③ 자주 화내는 아이, 어떻게 해야 하나요?

자주 화내고 자신의 감정을 조절하지 못하는 아이들을 다룰 때, 부모님이 같이 감정적으로 동요되지 않는 것이 중요합니다. 어른 중에도 화나면 물건 던지고 부수고 상대방을 때리는 사람이 있습니다. 어렸을 때부터 부정적인 감정을 적절히 조절하지 못했던 아이들은 커서도 이렇게 정서적으로 미숙한 모습을 보일 수 있습니다. 아이가 자신의 부정적 감정을 잘 조절할 수 있도록 부모님이 도와주어야 합니다. 부정적 감정은 말로 표현하고 대화를 통해 해결해 나가는 것이 좋습니다. 아이의 불만이 무엇인지 언어로 물어보고, 언어로 대답하도록 유도해야 합니다. 그러나 쉽지는 않습니다. 감정적으로 격앙된 상태에서 말로 표현하기가 쉽지 않기 때문입니다.

④ 말할 때까지 가만히 기다려 주세요

분노로 폭발하는 아이의 모습을 보면 엄마도 같이 화가 납니다. "화내지 말랬지!" 그러면서 어머니도 같이 소리 높여 화내고, 둘 다 화내게 됩니다. 누가 더 힘이 센지 겨루게 되고, 아이를 제압하기 위해 어머니는 더 소리를 높이게 됩니다. 힘이 센 사람이 이기는 것으로 끝나지만, 아이의 불만은 해결되지 않은 채 끝나게 됩니다.

자 그렇다면 어떻게 말로 표현하도록 유도하는지 가상의 인물로 예를 들어 설명해 보겠습니다.

어린이집 다니는 4살 어린 딸은 불만이 있을 때마다 소리 높여 울고 장난감을 던지고 엄마를 때립니다. 그러면 엄마도 같이 화가 납니다. 하지만 엄마는 감정을 가라앉히고 딸에게 물어봤습니다.

"어떤 것 때문에 속상해서 울어?"

감정적으로 흥분한 딸은 당연히 대답하지 않고 계속 씩씩거리며 화를 냅니다.

"엄마가 기다려 줄게. 왜 우는지 말할 때까지". 그리고 가만히 기다립니다.

아이는 계속 씩씩거리다가 조금 시간이 지나자 감정이 가라앉습니다.

"근데~ 있잖아~ 아까 엄마가~" 그러면서 말하기 시작합니다. 엄마가 미처 파악하지 못했던 상황들, 자녀가 억울했던 사연이 있었던 거였습니다.

"그래서 그랬구나~ 억울했겠네" 그러면서 달래주었습니다.

"다음에는 물건 던지지 말고 엄마에게 속상한 거 말해줘"

⑤ 부정적 감정은 말로 표현하도록

부정적 감정을 느낄 때 이를 조절하지 못하고 감정을 그대로 표출하기보다는 언어로 부정적 감정을 표현하도록 유도해 주는 것이 좋습니다. 감정은 조절하기 어렵다고 생각할 수 있으나, 조절할 수 있습니다. 예를 들어볼까요? 어떤 엄마가 딸이 잘못한 것에 대해 혼내고 있었습니다. 그때 시어머니에게 전화가 왔습니다. "어머니~"라고 친절하고 상냥하게 전화를 받습니다. 방금 전까지 화내면서 혼내고 있었지만, 그 화난 감정을 다스리고 친절한 목소리로 말할 수 있는 것입니다. 이처럼 감정은 조절할 수 있습니다. 감정을 잘 조절하려면 부정적 감정을 언어로 적절하게 표현하는 것이 중요합니다.

자녀가 자주 화낸다고 같이 화내지 마시고, 화내는 행동을 억제하려고 혼내지 마시고, 화내는 자녀에게 맞추려고 하지 마시고, 왜 화내는지 궁금증을 가지고 물어봐 주세요. 그리고 자녀가 자신의 불만을 언어로 적절하게 표현하도록 유도해 주세요. 대답하라고 재촉하지 마시고 기다려 주세요. 이런 과정을 통해 자녀는 자신의 분노를 어떻게 다뤄야 하는지 배웁니다.

"왜 그러는 건데~"라고 답답해하면서 물어보면 계속 울어대는 아이 때문에 속상해서 그 자리를 피하거나 더 화를 내는 부모님들이 있습니다. 아이는 감정적으로 흥분된 상태에서는 절대 말로 표현 못 합니다. 그 감정이 가라앉기까지 시간이 걸리니 조금 기다려 주세요.

⑥ 부모님이 들을 준비가 되어 있어야 해요

"선생님, 저도 애한테 물어봤어요. 그래도 대답 안 하던데요?"

부모님도 친구들이 있으시죠? 어떤 친구에게 자신의 속이야기를 하고 싶으신가요? 내 이야기를 들어줄 것 같은 사람, 내 이야기를 튕겨내거나 충고하지 않고 그냥 들어줄 것 같은 사람에게 이야기하게 되죠? 마찬가지입니다. 자녀의 속마음이 궁금해서 질문해도 아이가 말하지 않는 것은, 부모님이 들어줄 것 같지 않아서입니다. 말하라고 무언의 압박을 하거나 재촉하면, 아이들은 더 굳게 입을 닫습니다. 또는 내가 말하면 엄마가 더 화를 내거나 100마디의 조언을 하거나 잔소리를 하게 될 것 같다 싶으면 말하지 않습니다. 언제라도 들을 자세가 되어 있다는 태도를 보여주세요. 그러면 아이들은 마음을 열고 이야기합니다.

"엄마, 내 목에 뭐가 걸린 거 같아. 질식해서 죽는 거 아니야? 아무것도 못 먹겠어"

학교에서 급식을 거부하는 아이 중 목에 음식물이 걸려서 질식할까 봐 걱정하는 아이들이 있습니다. 심리검사를 하다보면 신체증상을 호소하는 아이들을 심심치 않게 만나게 됩니다. '신체증상 관련 장애'는 몇 가지 유형이 있는데 그중에서 가장 흔하게 나타나는 유형 2가지를 설명하겠습니다.

:: 신체증상장애

"엄마 나 배가 또 아파"

"이놈의 가시나야. 너 꾀병이지? 왜 맨날 배 아프다고 해. 저번에 병원 갔어도 아무 문제 없다고 하잖아. 엄마 관심받고 싶어서 쇼하는 거야?"

배가 아프다, 머리가 아프다 등등, 몸 여기저기가 아프다고 자꾸 호소하는 아이를 병원에 데려가면 실제로 내과적 문제는 없는 경우가 있습니다. 하지만 꾀병이 아닙니다. 이런 아이들은 실제로 몸이 아픈 통증을 느끼고 있습니다. 그러나 몸이 아픈 게 아니라 마음이 아픈 것일 수 있습니다. 심리적 고통이 신체증상으로 발현되는 것일 수 있습니다. 자신의 심리적 고통을 어떻게 처리해야 하는지 모르는 경우, 해결되지 않는 심리적 고통이 무의식적인 과정을 통해 신체증상으로 나타나기도 합니다. 그래서 몸이 자꾸 아프다고 호소하는 아이에게, 꾀병 아니냐는 핀잔을 주지 마세요. 병원에 데려가서 실제로 몸이 아픈 것인지 확인한 후, 내과적 문제가 없다면, 아이를 심리상담센터나 정신과 의원에 데려가서 심리적인 도움을 받는 것이 좋습니다.

:: 질병불안장애

"엄마, 나 아무래도 심장병 걸린 거 같아. 검사받아 볼래"

자기가 심각한 질병에 걸렸는지 자주 확인하고 싶어 하는 아이들이 있습니다. 몸 여기저기가 아프다고 호소하는 신체증상장애와 달리, 질병불안장애는 질병에 걸렸을까 봐 항상 걱정합니다. 건강에 대한 높은 수준의 불안이 있고, 자신의 건강 상태에 늘 촉각을 곤두세웁니다. 신체증상이 없거나 아주 미약한 신체증상만 있어도, 병에 걸렸다고 생각하고 두려워합니다. 흔히 '건강염려증'으로 알고 있는 질병불안장애는, 이 질환 단독으로 나타나기도 하지만, 대체로 우울장애나 불안장애와 함께 나타납니다. 기질적으로 위험회피(HA) 성향이 높으면, 작은 자극에도 쉽게 불안감을 느끼게 되는데, 특히 위험한 상황이 자신의 신체에 일어나게 되는 것에 포커스가 맞춰져 있으면, 질병불안장애가 나타나게 됩니다. 이런 자녀는 머리가 조금만 아파도 뇌종양에 걸린 것인지 병원에서 검사받으려 합니다. 가슴에 작은 통증만 있어도 심장병에 걸린 것인지 확인하려 합니다. 그럴 때마다 병원에서 검사받고 정상 결과가 나와야 안심하지만 그때뿐입니다. 며칠 지나면 다른 질병을 의심하면서 다른 검사를 받아보려는 패턴이 계속됩니다. 그러나 매번 병원에서 검사받는 것이 질병불안장애에 크게 도움이 되지 않습니다. 병원 검사비만 소비될 뿐입니다. 심리상담센터, 아동발달센터, 소아정신건강의학과에서 심리적 치료가 이루어지도록 도와주는 것이 낫습니다.

행동장애 유형

공격적이고 파괴적인 행동으로 부모님을 힘들게 하는 아이들이 있습니다. 아무리 훈육해도 나아지지 않고 공격적인 행동을 계속하여, 또래 관계도 문제가 생기고 학교 선생님과도 계속 마찰이 생깁니다. 이렇게 겉으로 보이는 행동의 문제가 있는 아이들은 몇 가지 유형으로 나타나는데, 가장 흔히 나타나는 유형을 설명하겠습니다.

   우리 아이, 발달검사 받아볼까? 심리검사 받아볼까?

① 적대적 반항장애(ODD: Oppositional Defiant Disorder)

"선생님, 제 아들은 뭐 하나 그냥 넘어가는 게 없고 제 말에 항상 말대답하면서 결국 싸우게 돼요. 매일 이렇게 사니까 지치네요"

적대적 반항장애 아동은 특히 어른들, 선생님이나 부모님과의 관계에서 반항적 행동을 하는 특징이 있습니다.

DSM-5에 명시된 적대적 반항장애의 증상은

– 분노/과민한 기분

① 자주 욱하고 화를 낸다.

② 자주 과민하고 쉽게 짜증을 낸다.

③ 자주 화를 내고 크게 분개한다.

– 논쟁적/반항적 행동

① 권위자와 잦은 논쟁, 성인과 주로 논쟁한다.

② 자주 적극적으로 권위자의 요구나 규칙을 무시하거나 거절한다.

③ 자주 고의적으로 타인을 귀찮게 한다.

④ 자주 자신의 실수나 잘못된 행동을 남의 탓으로 돌린다.

(DSM-5 발췌)

"내가 이 검사를 왜 해야 해요? 안 해. 하기 싫어"

적대적 반항장애가 있는 아이들은 기본적으로 심리검사에 협조적이지 않고, 어떤 검사를 하려고 해도 다 거부합니다. 그래서 심리검사를 진행하기가 힘듭니다.

② 간헐적 폭발장애

"검사 이런 거 왜 해"

초등학교 1학년 시훈이(가명)는 이렇게 말하고서 Rorschach 검사 카드를 격파하려고 했습니다.

간헐적 폭발장애의 증상은, 공격적 충동을 제어하지 못하고 폭발적 행동을 반복하는 것입니다. 언어적 공격성뿐만 아니라, 신체적 공격성을 나타내며, 사람뿐 아니라 동물도 상해를 입힐 수 있는 폭행을 하기도 합니다.

'간헐적 폭발장애'와 '파괴적 기분조절부전장애'가 비슷해 보일 수 있는데, '간헐적 폭발장애'의 핵심은 '충동적 공격 행동'이고, '파괴적 기분조절부전장애'의 핵심은 '지속적 과민성으로 인한 정서조절능력 부족'입니다.

③ 품행장애(CD: Conduct Disorder)

품행장애까지 진행될 정도로 행동상의 문제가 심각한 아이들은 흔하지 않습니다. 품행장애는 적대적 반항장애보다 심각한 문제를 일으키는데, 특징은 다음과 같습니다.

   우리 아이, 발달검사 받아볼까? 심리검사 받아볼까?

– 사람과 동물에 대한 공격성

　다른 사람에게 무기(방망이, 벽돌, 깨진 병, 칼, 총)를 사용하여 신체적으로 잔인하게 대합니다. 동물에게도 잔인하게 대하죠.

– 재산 파괴

　고의적으로 불을 지르거나 다른 사람의 재산을 고의적으로 파괴합니다.

– 사기 또는 절도

　다른 사람의 집이나 건물 또는 자동차를 망가뜨립니다. 귀중품을 훔치거나, 거짓말을 자주 합니다.

– 심각한 규칙 위반

　13세 이전부터 자주 밤늦게까지 집에 귀가하지 않습니다. 가출하거나 무단결석을 하기도 합니다.

(DSM-5 발췌)

　이와 같은 진단 기준 15개 중에서 적어도 3개 이상의 행동을 12개월 동안 한다면 품행장애에 해당할 가능성이 있습니다.

④ 적대적 반항장애 vs 품행장애

　언뜻 보면 '적대적 반항장애'와 '품행장애'가 비슷해 보이기도 합니다. 그러나 적대적 반항장애 아이들은 부모님이나 선생님과의 관계에서만 반항적이지 친구들과의 관계성은 괜찮은 편입니다. 오히려 친구들 사이에서는 골목대장이나 영웅처럼 인기가 많습니다. 그러나 품행장애의 경우는 어른과의 관계뿐 아니라 친구 관계를 포함한 모든 대인관계에서 공격적이고 파괴적인 행동을 보입니다.

⑤ 이런 아이들의 원인은?

이렇게 '행동'상의 문제를 보이게 되기까지는 여러 원인이 있습니다. ADHD를 제대로 치료받지 못하면 자신의 행동을 조절하지 못하고 '적대적 반항장애(ODD)' 또는 '품행장애(CD)'까지 진행되기도 합니다. 또는 부모님의 부적절한 양육 태도에 대한 불만감을 행동으로 표출하면서 이러한 유형이 되기도 합니다. 부모님과의 관계성이 늘 갈등 관계로 계속되어 온 경우, 호전적 방식으로 행동하기도 합니다. 또는 부모님이 성격적으로 공격적일 때, 부모님의 모습을 보고 배우면서 공격적으로 행동하기도 합니다. 이외에도 다양한 원인이 작용할 수 있으니, 자녀에게 이런 행동의 문제가 있다면 심리검사를 받아보고 정확한 원인을 파악하여 전문적 도움을 주는 것이 필요합니다.

왜 심리장애가
생기나요?

① 취약성-스트레스 모델

"같은 배에서 태어났는데, 어떻게 첫째 아이는 저 모양이고, 둘째
는 정상인가요?"

요즘은 거의 자녀를 1명만 낳아 키우지만, 그래도 2명, 3명 그 이
상의 자녀들을 키우는 부모님들도 있습니다. 그런데 똑같은 환경에
서 자라고 똑같은 부모님과 생활하는데, 어떤 자녀는 심리장애가 생
기고, 어떤 자녀는 멀쩡하게 적응적으로 지냅니다. 왜 그럴까요? 심

리장애가 생기는 원인에 대해 여러 이론이 있지만, 그중에 '취약성–스트레스 모델'이라는 이론이 있습니다. 타고난 취약성이 환경적 스트레스 요인과 상호작용 하게 되면, 여러 가지 심리적 부적응이 나타난다는 이론입니다. 취약성만으로는 심리장애가 나타나지 않고, 그렇다고 스트레스 요인만 있다고 해서 심리장애가 발현되지 않습니다. 2가지 요소가 함께 작용할 때 심리장애가 나타납니다. 그래서 같은 환경에서 자라도 어떤 자녀는 문제 행동이 나타나고, 다른 자녀는 멀쩡한 것입니다. 멀쩡한 자녀와 비교되어, 문제 행동을 보이는 자녀를 더 다그치거나 비난하게 됩니다. 그러나 적응적으로 지내는 자녀와 다르게 취약성이 있기에 지금과 같은 부적응적인 모습을 보이는 것일 수 있습니다. 비난하거나 다그치지 마시고, 자녀의 취약성을 보완해 주면서 환경적 스트레스 요인을 줄여주는 노력이 필요합니다.

심리장애는 어느 날 갑자기 짠! 하고 나타나지 않습니다. 그 문제 행동이 나타나기까지 어떤 과정을 겪었을 겁니다. 그래서 심리검사를 할 때 임상적 면담을 하면서 어떤 발달과정을 통해 성장했는지 물어보고 확인합니다. 발달과정에서 아동의 특성이 무엇이었는지, 부모는 어떠한 방식으로 양육했는지 확인하여, 현재 나타나는 문제 행동의 원인을 찾는 것입니다. 심리검사는 아이의 부적응적 행동의 원인을 다양한 각도에서 심도 있게 파악하여 도움을 줄 수 있습니다.

② '첫째'라는 의미…

어떤 부모에게든지 '첫째' 아이는 의미가 큽니다. 둘째, 셋째보다 첫째에게 기대하는 바가 큰 경우가 많습니다. 둘째는 대단한 사람이 되지 않아도 괜찮은데, 첫째만큼은 대단한 사람이 되기를 바라는 부모님들이 많습니다. 실제로 심리검사 하면서 만난 아이들 중에 둘째, 셋째도 있었지만, 형제 중 첫째 아이가 가장 많았습니다. 왜 유독 첫째 아이들이 많을까요?

첫째는 다른 형제보다 부모님으로부터 직접적인 영향을 받습니다. 부모님이 공부로 압박하는 경우도, 아버지가 폭력을 휘두르는 경우도, 어머니가 아이들을 방치하는 경우도, 첫째는 부모로부터 직접 영향을 받게 됩니다. 둘째, 셋째에게 첫째는 완충 작용을 해주는 존재와 같습니다. 예를 들어, 부모님이 맞벌이로 바쁘셔서 아이들만 가정에서 지내는 경우가 많을 때, 둘째와 셋째 아이들은 첫째 형(언니)가 있어서 든든합니다. 그러나 첫째는 어른 없이 자기가 동생도 챙겨야 하고 자기도 돌봐야 한다는 부담감에 불안감을 많이 느낍니다.

한편, 첫째가 대단한 사람이 되도록 부모님은 첫째에게 많은 것을 요구하며 압박을 가하기도 합니다. 그러면 첫째는 부모를 이기지 못하고 우울하거나 무기력해지기도 하고, 반대로 반항하면서 사고를 치기도 합니다. 이렇게 첫째가 몸부림치고 있을 때, 둘째는 비교적 적응적으로 지내는 경우가 많습니다. 부모의 지나친 기대에서 벗어나려고 형(언니)이 몸부림칠 때, 부모님에게 혼나는 형(언니)을 보면서, 저렇게 하면 내가 얻을 수 있는 이득이 없다는 것을 학습하기도 합니다. 그리고 둘째에게 거는 기대가 크지 않기 때문에 좀 더 부모님으로부터 좀 더 자유로운 상태로 지낼 수 있고, 그럴수록 자율성이 더 잘 발달하여 알아서 잘하는 사람이 됩니다.

수영해 본 적 있으신가요? 어떻게 해야 물에 뜨나요? 몸에 힘을 빼야 물에서 뜨고 앞으로 나아갈 수 있습니다. 몸에 힘을 빼는 원리는 수영에만 적용되지 않고 모든 운동에 다 적용됩니다. 골프도 몸에 힘을 빼야 공이 멀리 나가듯이 말입니다. 그런데 몸에 힘을 빼는 원리는 운동에만 적용되지 않고 회사에서 일할 때도 적용됩니다. 잘하려고 잔뜩 힘을 주고 애쓰면 오히려 일이 잘 풀리지 않기도 합니다. 이 원리는 자녀 양육에도 마찬가지로 적용됩니다. 아이를 잘 키워보고자 잔뜩 힘을 주고 부모가 의도하는 대로 자녀를 움직이게 할수록 아이들은 엇나갑니다.

심리검사
vs 심리평가

① 심리검사와 심리평가가 다른 것인가요?

심리검사와 심리평가가 언뜻 보면 비슷하게 보일 수 있으나, 차이점이 있습니다.

- 심리검사: 심리학적 이론을 기반으로 개발된, 개인의 심리적 특징을 측정하는 검사

  객관적 검사(MMPI, TCI, KPRC, CBCL, 지능검사…)

투사적 검사(Rorschach, SCT, HTP, KFD…)

- 심리평가: 임상적 면접+행동관찰+심리검사+임상적 기술과 지식

심리평가는 심리검사를 포함한 작업입니다. 단순히 심리검사의 결과만 보고 평가하는 게 아니라, 검사 장면에서 나타난 피검자의 행동을 관찰한 것과 임상적 면접을 통해 얻은 배경정보, 그리고 슈퍼비전을 통해서 배운 임상적 지식을 포함하여 심리검사의 결과가 가지고 있는 의미를 종합적으로 해석하는 것이 심리평가입니다. 따라서 임상심리사는 심리검사를 통해 심리평가를 하는 사람입니다.

심리평가를 하면 각 심리검사 결과만 중요할 거라 흔히들 생각합니다. 그러나 임상가는 검사를 수행하는 피검자를 유심히 관찰합니다. 주 호소 문제와 관련된 행동이 검사 장면에서도 나타나는지, 각종 검사 결과에서 나타나는 sign과 관련된 행동이 검사 장면에서도 나타나는지 관찰합니다. 물론 피검자가 부담스러워할 수 있기에 안 보는 척하면서 다 관찰합니다. 이렇게 행동관찰 한 것과 면담에서 파악한 내용을 바탕으로 심리검사 결과를 분석할 때, 임상적 지식과 기술을 사용하여 피검자를 파악합니다. 그 사람이 자라온 과정과 각각의 사건에 대한 반응들을 씨줄과 날줄로 엮어서, 지금과 같은 문제가 나타나게 된 과정을 이해하려고 노력합니다. 심리학적 가설을 세우고 이를 지지하는 evidence(검사 결과)를 찾아 심리평가보고서를 작성하여, 치료에 도움이 되도록 합니다. 이러한 과정을 통해 심리검사 결과를 분석하여 얼마나 정확하게 심리평가를 하는지는 임상

심리사의 역량입니다.

② 그림검사는 수많은 심리검사 중 하나일 뿐…

"어머니, 아이가 그린 그림에 이 부분은 ~을 의미하는 것이고요"
영화에서 종종 이런 장면이 나옵니다. 아이가 그림검사에서 그린 그림의 각 부분이 무엇을 의미하는지 설명하는 장면을 보면, 그게 심리검사의 전부라고 착각할 수 있습니다. 그러나 심리평가에서는 그렇게 단편적으로 사람을 판단하지 않습니다. 심리평가는 단순히 그림검사에서 나타난 sign의 의미를 해석하는 것이 아닙니다. 그림검사에서 어떤 sign이 나타났다고 해도, 다른 검사에서 이를 지지할 만한 sign이 나타나지 않았다면, 그 sign은 임상적으로 유의미하지 않다고 보기 때문에 심리평가보고서에 그 sign에 대한 설명을 쓰지 않습니다. 종합심리검사를 할 때 다양한 검사를 실시해서 각 검사에서 나온 sign들을 교차 검증하여 임상적으로 유의미한 결과들에 대해 해석하여 심리평가보고서를 작성합니다. 심리상담을 통해 한 사람을 파악하는 데 몇 개월에서 몇 년이 걸리는 것을, 심리평가를 하게 되면 짧은 시간 내에 집중적으로 깊이 있게 사람을 파악할 수 있습니다. 심리학적 근거를 기반으로 하는 임상적 정보를 제공해서 적절한 치료가 이루어지도록 돕는 것이 심리평가입니다. 심리평가보고서 마지막에는 진단적 인상을 쓰는데, 임상적 진단을 명료화해서 좀 더 정확한 치료가 이루어지도록 돕는 것이 심리평가의 목적입니다.

심리검사
소개

심리검사 받으러 가면 무엇을 하나요?

① 심리검사는 어디에서? 누구에게?

심리검사 받으러 어디로 가야 하나요? 심리검사가 이루어지는 곳은 다양합니다.

정신건강의학과 의원, 사설 상담센터, 병원 부설 아동발달클리닉, 사설 아동발달센터, 종합병원, 각 지역 청소년상담복지센터 등등…

심리검사를 실시하는 사람은, 임상심리전문가, 정신건강임상심리사 1, 2급, 임상심리사 1, 2급 자격을 갖춘 사람입니다.

② 종합심리검사(풀배터리)

심리검사 구성은 몇 가지가 있는데, 그중에서 가장 많이 실시되는 것이 '풀배터리'라고 하는 종합심리검사가 있습니다. 풀배터리 검사에는 객관적 검사와 투사적 검사가 다양하게 포함되어 있어서 피검자의 심리상태를 종합적으로 파악할 수 있습니다.

> – 객관적 검사: MMPI-2, TCI, KPRC, CBCL, 지능검사…
>
> – 투사적 검사: Rorschach, TAT, SCT, HTP, KFD…

객관적 검사와 투사적 검사를 모두 하는 이유가 있습니다. 객관적 검사만 하면 피검자의 내면을 깊이 파악하지 못할 수 있습니다. 객관적 검사는 타당도와 신뢰도가 검증된 검사이기에 누가 실시하든, 누구에게 하든지, 비교적 정확한 측정이 가능합니다. 실제로 MMPI-2는 전 세계 모든 정신과 병원이나 상담센터에서 사용되는 타당도와 신뢰도가 검증된 검사입니다. 반면, 사회적 바람직성에 영향을 받기 때문에 실제 심리적 특성이 검사 결과에 잘 반영되지 못할 수 있습니다. 한편, 투사적 검사는 방어적인 반응을 방지하기 때문에, 개인의 독특한 특성이 잘 나타날 수 있습니다. 그리고 객관적 검사로는 파악할 수 없는 무의식적인 심리상태를 깊이 있게 탐색할 수 있습니다. 이러한 두 종류 검사의 장점을 잘 활용하기 위하여, 모든 검사들이 종합심리검사에서 실시됩니다. 종합심리검사(풀배터리)의 모든 검사를 하는 데 대개 2시간 30분~3시간 정도 소요됩니다.

③ 정서검사 세트 or 발달검사 세트

풀배터리 검사는 검사 항목이 많아서 검사비가 비쌉니다. 비용이 부담되는 분들에게 간단한 정서검사 세트로 하기도 합니다. 예를 들어, 지능검사와 로샤(Rorschach) 검사를 제외한 검사로 간단하게 구성되는데, 간단하게 심리상태에 대해서 파악할 수 있으나 심도 있는 정보를 제공하기는 어렵다는 단점이 있습니다.

어린 유아에게는 심리검사를 하기 어렵기에 발달검사 세트로 진행하기도 합니다. 발달검사 세트는, 베일리나 PEP-R과 같은 발달검사를 비롯한 기질검사, 부모양육태도검사 등으로 구성된 검사 세트입니다. 아이가 정상발달을 하고 있는지, 부모님은 아이에게 적절한 태도로 양육하고 있는지 확인할 수 있습니다.

심리검사 받으러 가기 주저하는 이유

① 우리 아이가 불이익을 당할까 봐

자녀에게 문제가 있다고 느껴져서 심리검사를 받아보고 싶은 생각이 들지만 실제로 검사실까지 찾아오는 데 주저하는 이유가 여럿 있습니다. 병원에서 검사를 받으면 기록에 남아서, 보험 가입이나, 대학입시, 취직, 군 입대에 불이익이 생길까 봐 걱정하는 부모님들이 계십니다. 그래서 문제가 있는 것을 알면서도 막상 진단이나 치료를 위해 병원에 가지 않는 것입니다.

심리검사를 하면 검사의 원자료는 외부로 유출되지 않게 되어 있습니다. 개인정보이기 때문에 부모님이 원자료를 집에 가져가는 것도 금지되어 있습니다. 취직할 때는 병원 기록을 제출하는 경우가 없기에 불이익이 있을 수 없습니다. 학생이 학교 지원금으로 외부 상담센터에서 심리검사를 받았거나 Wee클래스에서 상담을 받았다는 것은 생활기록부에 기록이 남지 않기 때문에 대학입시에도 불이익을 당하지 않습니다. NEIS(교육행정정보시스템)에도 상담 기록은 익명으로 처리하도록 되어 있기 때문에 걱정 안 하셔도 됩니다. 군대도 면제 혜택을 받기 위해 당사자가 제출하는 것이기에 심리검사를 받았다는 것만으로 불이익을 당하는 경우는 없다고 보시면 됩니다.

② 시간이 약이다?

"시간이 약이다"라는 말이 있죠. 아이들이 커가는 과정에서 여러 문제가 있을 수 있지만, 시간이 지나면 괜찮아진다고 생각하는 부모님들이 있습니다. 그래서 '크면 나아지겠지'라는 생각을 하면서 아이를 치료기관에 데리고 가지 않습니다. 그러나 심리적인 문제는 직접적으로 다루지 않으면 시간이 지난다 해도 마음속에 계속 남아 있습니다. 그리고 부적응적인 양상이 6개월이나 1년 이상 계속된다면, 반드시 정확한 진단과 치료를 위해 병원이나 상담센터 또는 아동발달센터에 데리고 가는 것이 좋습니다. 그 심리적인 문제가 성격으로 공고화될 수 있기 때문입니다.

③ 심리검사? 자존심 상해

아동의 아버지 몰래 어머니가 아이를 검사실에 데려오는 경우가 있습니다. 남편이 검사받는 것을 반대해서 몰래 데려오는 것입니다. '내 아이가 무슨 문제가 있다는 것이냐'라고 생각하며 심리검사 받는 것 자체를 거부하는 아버지가 있습니다. 자존심이 상한다고 생각하면서 검사받지 못하게 막는 것입니다. 물론 아이들이 커가는 과정에서 시간이 지나면 자연히 사라지는 문제 행동도 있습니다. 그러나 아동의 문제 행동은 아동 혼자만의 문제가 아니라, 부모님과의 관계성에서 나타나는 현상일 수 있습니다. 부모님의 양육태도가 자녀에게 적절하지 못할 때 자녀가 부적응적인 모습을 보일 수 있습니다. 이때 부모님이 변화되지 않으면 그 문제는 계속되어 청소년기에 더 다루기 힘든 문제로 진행되기도 합니다. 매년 건강 상태를 점검하기 위해 건강검진 받듯이, 요즘은 특별한 문제가 없어도 심리검사 받는 경우도 많습니다. 심리검사는 뭔가 문제 있는 사람들이 받는 것이라는 편견이 있지만, 심리검사는 자녀의 심리상태에 대해 좀 더 포괄적이면서도 깊이 있게 파악하는 데 도움이 됩니다. 초등학교 입학이나 중학교 입학과 같은 인생의 변환기에 심리상태를 점검하는 것도 자녀를 양육하는 데 도움이 됩니다.

④ 아이들이 상담실에 안 가는 이유

그동안 성인들을 대상으로 하는 정신건강실태 조사는 있었지만, 2022년에 처음으로 소아청소년들의 정신건강실태 조사가 이루어졌습니다. 그 조사의 결과가 얼마 전 2024년 5월 1일에 발표되었는데, 특히 COVID-19 이후 심리적인 문제를 가지고 있는 아이들이 증가했다는 것을 확인할 수 있었습니다. 이런 아이들을 위해 초등학교부터 고등학교까지 학교마다 Wee클래스(상담실)가 이미 설치되어 운영되고 있지만, 특히 청소년들은 심리적인 어려움이 있어도 Wee 클래스에 가기를 주저합니다. 친구들이나 선생님이 자신을 이상하게 볼까 봐 걱정하기도 하고, 생활기록부에 안 좋은 기록이 남을까 봐 주저하게 됩니다. 이런 걱정은 학생들만 하는 것이 아니라 부모님들도 합니다. 그래서 아이에게 심리적인 어려움이 있어도 생활기록부에 남을까 봐 그냥 참으라고 하는 부모님들도 있습니다. 그러나 심리상담은 비밀보장을 전제로 이루어지기 때문에 상담 기록이 생활기록부에 남지 않습니다. 다른 선생님들에게도 상담 기록이 공개되지 않는 게 원칙입니다. 심리적인 어려움을 겪고 있는 아이들을 스크리닝하기 위해 학교에서 초1, 초4, 중1, 고1 학생들을 대상으로 '정서행동특성검사'를 하고 있습니다. 그 검사 결과에서 '관심군' 결과가 나오면, 아이들을 데리고 소아청소년정신건강의학과 의원이나 아동발달센터 또는 심리상담센터에 방문해서 전문적인 도움을 받을 수 있게 해주세요. 또는 아이들이 심리적 고통을 호소하면 학교에 있는 상담실을 이용할 수 있도록 격려해 주세요.

심리검사를 왜 받아야 하나요?

부모님들은 자녀들을 가장 잘 알고 있는 사람이라고 생각합니다. 그러나 등잔 밑이 어둡다고 가장 가까이에 있기에 오히려 모르는 부분이 있을 수 있습니다. 부모가 자신의 심리상태, 자녀의 심리상태에 대해 자각하지 못하여, 주변 사람들은 다 아는데 부모만 모르고 있는 경우도 있습니다.

수많은 아동청소년들에게 심리검사를 하면서 다양한 부모님들을

   우리 아이, 발달검사 받아볼까? 심리검사 받아볼까?

만나는데, 2가지 유형의 부모님이 있습니다. 자발적으로 부모님이 검사받으러 오는 경우, 다른 하나는 학교 선생님이 검사받으라고 계속 권유해서 어쩔 수 없이 오는 경우입니다. 자발적으로 부모님이 자녀를 데리고 검사받으러 오는 경우는, 어머니가 아이를 키우면서 본인이 힘들어서 옵니다. 그래서 "우리 아이는 이런 게 문제고요"라고 말하면서 자녀의 문제점만 열거합니다. 반면, 학교 선생님이 심리검사 받으라고 권유하고 계속 요청해서 비자발적으로 오는 부모님들이 있습니다. 이런 부모님들은 "아니, 우리 아이에게 아무런 문제가 없는데, 왜 학교 선생님은 검사받아 보라고 하는지 모르겠어요"라고 말하며, 자녀의 문제를 전혀 이야기하지 않고 오히려 자녀의 장점만 열거합니다.

그러면 저는 부모님이 말하는 내용이 사실인가 확인하면서 심리검사를 진행하고 검사 결과들을 분석합니다. 그러면서 깨달은 점은, 부모님이 자녀에 대해 알고 있는 사실이 객관적 fact가 아닐 수 있다는 것입니다. 부모님이 생각하는 아이의 문제는 부모님의 생각과 판단에 의한 주관적 해석일 수 있다는 것입니다. 겉으로 보이는 자녀의 행동만 문제시하고 그 부분만 인식합니다. 그래서 여러 가지 문제 행동을 보이는 자녀들에게 적절한 도움을 주지 못할 수 있습니다. 이런 아동청소년과 부모님들에게 심리검사는 좀 더 객관적인 심리학적 정보로 아이를 진단하고 평가하여 실질적 도움을 주는 데 유용합니다. 심리학적 이론을 바탕으로 파악한 피검자에 대해 좀 더 명확하게 파악하여 치료가 효율적으로 이루어질 수 있도록 정보를 제공하고 치료의 방향성을 알려주는 데 심리검사가 유익합니다.

지능검사와 경계선 지능,
특정학습장애

① 지능검사를 하는 이유

종합심리검사(풀배터리)에는 지능검사가 반드시 포함되어 있습니다. 이유는 피검 아동의 인지 기능 수준과 인지적 특성에 대해 파악하기 위해서입니다. 만약 지능이 낮으면 단순히 학업성취도가 낮은 것만 아니라 일상생활에서도 적응상의 어려움을 겪을 수 있습니다. 실제로 학교에서 사고 쳐서 심리검사 받으러 오는 아이들에게 지능검사를 해보면 경계선 지능에 해당할 정도로 지능이 낮은 경우가 많았습니다. 인지 기능이 낮으면 상황에 대한 이해력도 부족하고 사회적 상황에 맞게 대처하는 능력도 떨어질 수 있습니다. 아무리 어머니가 훈육해도 못 알아듣는다거나 지적을 해도 고쳐지지 않는다면 인지 기능이 낮아서 그런 것일 수 있으므로 지능 수준을 확인해 보는 것이 좋습니다. 종합심리검사 비용이 부담되면 지능검사만이라도 받는 것이 도움이 될 수 있습니다.

| 웩슬러 지능검사 발췌 |

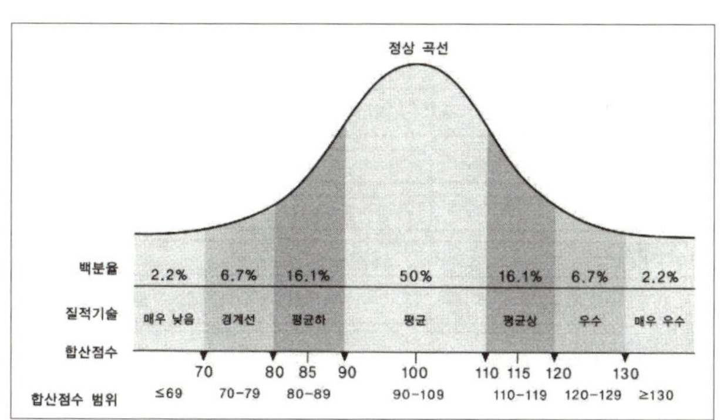

② 지능점수? 경계선 지능?

"선생님~ 지능검사 웩슬러로 해주세요~"

지능검사를 받으러 오는 아동의 어머니들 중에 이런 부탁을 하는 분들이 있습니다. 그러나 임상 현장에서 실시되는 지능검사는 웩슬러 검사뿐입니다. 웩슬러 검사에 유아용(WPPSI), 아동용(WISC), 성인용(WAIS)이 있어서, 명칭이 다르니까 다른 검사인 것으로 생각합니다. 모두 동일한 웩슬러 검사이고 연령에 따라 버전과 명칭이 다른 것입니다. 지능검사를 웩슬러로 해달라는 부탁은 안 하셔도 됩니다.

지능점수는 동일 연령대 아이들끼리 비교하여 나의 상대적 위치가 어디인지 알게 해줍니다. 지능점수 100점을 기준으로 90점 이상 110점 미만이 평균 범위입니다. 지능검사를 했을 때 지능점수가 어느 범위에 속하는지 그래프를 참고하여 파악하면 됩니다. 그중 '경계선 지능'은 IQ 70점 이상 80점 미만의 범위에 해당하는 지능 수준을 말합니다. 지능이 평균보다 낮지만 지적장애 수준은 아닌 경계선에 있다고 해서 경계선 지능이라고 합니다. 70점 미만으로 낮으면 적응행동 수준을 파악하여 장애 등급 받고 복지 혜택을 받을 수 있지만, 경계선 지능의 아동·청소년들은 인지 기능이 낮아도 복지의 사각지대에 있는 아이들이라고 할 수 있습니다.

③ 경계선 지능 아이들의 특징

경계선 지능 아동·청소년들은 학업성취도만 낮을 것이라 생각할 수 있지만, 일상생활에서도 적응상의 어려움을 많이 겪습니다. 부모님이 서울대를 졸업했어도, 또는 아버지가 변호사여도 자녀가 경계선 지능일 수 있습니다. 경계선 지능 범위에 속하는 아이들은 특히 또래 관계에서 의사소통하거나 상호작용 할 때 미묘한 뉘앙스를 파악하지 못합니다. 그래서 친구들이 노는 데 끼워주지 않아서 집단 따돌림의 피해자가 되기도 합니다. 낮은 학업성취도로 자기효능감도 떨어지고, 친구 사귀는 데 어려움이 있어서 이차적 문제로 정서적 어려움을 겪는 경우가 많습니다. 따라서 경계선 지능 아동을 조기에 선별하여 인지학습치료를 받는 것이 필요합니다. 자녀가 만약 학업성취도가 낮다면 청소년기가 되기 전에 인지학습치료를 받게 하는 것이 좋습니다. 청소년기에 접어들면 경계선 지능을 보완하기 위해 치료받게 하려 해도 아이들이 치료를 거부하는 경우가 많기에, 청소년기가 되기 전에 인지 기능을 향상시키는 것이 필요합니다. 인지학습치료는 전반적인 인지 기능을 향상시키는 데 도움이 되며, 특히, 주의집중력과 기억력, 사고, 추론, 지각 능력을 향상시켜 줍니다.

④ 학원을 많이 보내면 나아지나요?

자녀의 학업성취도가 낮으면, 이를 보완하기 위해 학원을 여러 군데 보내면서 사교육을 더 많이 시키는 부모님들이 있습니다. 낮은 인지 기능을 높여보겠다고 사교육을 많이 시키는 것은 도움이 안 됩니다. 음식 먹는 것에 비유하면, 소화력이 부족한 아이에게 건강에 도움이 된다고 이것저것 많이 먹이는 것과 같습니다. 이런 아이들에게 많이 먹이면 어떻게 되나요? 소화력이 부족한 상태에서 많이 먹으면 탈이 납니다. 많이 먹은 음식이 몸에 도움이 되는 것이 아니라 오히려 해가 됩니다. 많이 먹이는 것보다 소화력을 향상시키는 것이 필요합니다. 인지 기능이 낮은 아이를 학원에 많이 보내는 것보다 전문적인 훈련을 받은 인지학습치료사에게 인지학습치료를 받는 것이 더 효과적일 수 있습니다. 가정에서 간단하게 할 수 있는 방법은 《경계선 지능 아동청소년을 위한 느린 학습자 인지훈련 프로그램》이라는 책을 활용하는 것입니다. 이 책은 워크북 형식으로 된 책으로, 3탄까지 있습니다. 경계선 지능인 자녀를 둔 부모님은 이 책을 가정에서 활용해 보는 것도 좋습니다. 그러나 그 책을 어떻게 효과적으로 활용하는지에 대한 방법을 비전문가는 잘 모르기 때문에, 전문가에게 인지학습치료를 받는 것이 더 효과적일 수 있습니다.

⑤ 특정학습장애는 뭔가요?

"애가 학교에서 공부를 너무 못해요. 지능이 떨어지나 궁금해서 왔어요"

공부 못하는 이유를 찾기 위해 지능검사를 해보면, 오히려 평균이나 그 이상의 범주에 속하는 경우가 있습니다. 이같이 지능은 평균이나 그 이상의 범주에 속하는데 학업성취도가 낮은 아이들은 '특정학습장애' 유형에 속할 수 있습니다. 특정학습장애는 3가지 유형이 있는데, '읽기 손상유형', '쓰기 손상유형', '수학 손상유형'이 있습니다.

'읽기 손상유형'은 한글 읽는 방법을 반복적으로 알려줘도 이해하지 못하고 한글을 제대로 읽지 못하는 아이들입니다. '쓰기 손상유형'은 받아쓰기 연습을 시켜줘도, '아'와 '어'를 구분하지 못하고 쓰는 등, 받아쓰기 기능이 잘 개선되지 않는 아이들입니다. '수학 손상유형'은 암산이나 계산하는 방법을 알려줘도 잘 이해하지 못하고 계산의 정확도가 떨어지는 아이들입니다.

특정학습장애

정상적인 지능을 갖추고 있고 정서적 문제가 없음에도 불구하고 지능 수준에 비해 현저한 학습 부진을 보이는 장애
– 읽기 손상유형(단어 읽기 정확도, 읽기 속도 또는 유창성, 독해력)
– 쓰기 손상유형(철자 정확도, 문법과 구두점 정확도, 작문의 명료도와 구조화)
– 수학 손상유형(수 감각, 단순 연산 값의 암기, 계산의 정확도 또는 유창성, 수학적 추론의 정확도)

DSM–5에 따르면 특정학습장애는 학업적 기술을 배우고 사용하는 데에서의 어려움을 의미한다. 진단은 다음 중 1가지 이상의 증상을 6개월 이상 나타낼 경우 내려진다.

① 부정확하거나 느리고 부자연스러운 단어 읽기, ② 읽은 것의 의미를 이해하는 것의 어려움(예: 글을 정확하게 읽지만 내용의 순서, 관계, 추론적 의미 또는 더 깊은 의미를 이해하지 못함), ③ 맞춤법이 미숙함(예: 자음이나 모음을 생략하거나 잘못 사용함), ④ 글로 표현하는 것에 미숙함(문장 내에서 문법적 또는 맞춤법의 실수를 자주 범함), ⑤ 수 감각, 수에 관한 사실, 산술적 계산을 숙달하는 데의 어려움(예: 수와 양을 이해하는 데의 어려움, 산술계산 도중에 길을 잃어버림), ⑥ 수학적 추론에서의 어려움(예: 양적인 문제를 해결하기 위해서 수학적 개념, 사실 또는 절차를 응용하는 데에서의 심한 어려움)

(DSM–5 발췌)

⑥ 특정학습장애 아동의 특징

경계선 지능과 특정학습장애, 둘 다 학업성취도가 낮아서, 겉으로 보이는 모습이 비슷해 보일 수 있습니다. 그러나 학습장애 아동은 경계선 지능 아동과 특징이 조금 다릅니다.

방향이나 위치지각 기능의 부족

오른쪽, 왼쪽, 위, 아래와 같은 방향을 잘 구분하지 못합니다. 한글을 배울 때, 'ㅏ'와 'ㅓ'를 구분하기 어려워하고, '오'와 '우'를 잘 구분하지 못합니다. 그래서 한글 읽기 기능이 향상되지 않습니다.

순서를 잘 이해하지 못합니다

학습장애 아동은 일상생활에서 일어나는 사건의 순서를 잘 이해하지 못합니다. 종이접기의 순서도 제대로 기억하지 못합니다. 사건이 일어난 순서대로 그림카드를 배열하라고 하면 순서대로 배열하지 못합니다. 따라서 일상생활에서 일어나는 사건의 전후관계를 제대로 이해하지 못합니다.

차근차근 살펴보는 힘이 부족합니다

시각 자극을 차례대로 탐색하거나 순차적으로 주의를 기울여야 할 때, 시각적 주의 능력이 부족합니다. 그래서 글자를 읽을 때, 글자를 하나씩 차례대로 읽지 못하고 건너뛰어서 읽는 경향이 있습니다. 놀이할 때도 친구들의 행동을 차례대로 인식하지 못하기 때문에 친구가 왜 그런 행동을 했는지 알지 못합니다.

멀티태스킹 능력 부족

동시에 여러 가지 기능을 한꺼번에 발휘하는 것을 어려워합니다. 따라서 지시할 때는 한 가지씩 지시해야 합니다. 그리고 고려해야 할 사항을 꼼꼼하게 파악하지 못하면서 생각하는 속도도 느린 편이어서, 주어진 과제를 제한된 시간 내에 완수하기 어려울 수 있습니다.

⑦ 특정학습장애 진단

학습장애를 판별하기 위해 꼭 시행해야 하는 검사 2가지는 '지능검사'와 '기초학습검사'입니다. 지능검사는 지능점수가 평균인지 확인하기 위해서 실시됩니다. 기초학습검사는 몇 가지가 있지만 요즘 제일 많이 사용되는 검사는 한국판 웩슬러 기초학습기능검사(K-WFA)입니다. 그러나 기초학습검사 도구가 있는 기관이 많지 않습니다. 지능검사를 통해 평균이나 평균 이상의 결과를 받았는데, 여전히 학교에서 학습 부진을 겪고 있다면 한국판 웩슬러 기초학습기능검사(K-WFA) 도구가 있는 기관을 찾아보고 별도로 검사받는 것이 필요합니다. 한국판 웩슬러 기초학습기능검사(K-WFA)를 하게 되면, 검사 결과를 통해 '읽기 손상유형'인지 '쓰기 손상유형'인지 '수학 손상유형'인지 확인할 수 있습니다. 그 검사 결과에 맞춰서 인지학습치료를 받는 것이 필요합니다.

⑧ 특정학습장애 치료

"애가 공부를 못해서 그러는 건데, 학원 보내면 되지 꼭 치료받아야 하나요?"

막상 치료받으러 다닐 생각 하면 귀찮고, 치료비도 부담될 수 있습니다. 치료 안 받고 좋아지면 좋겠죠. 하지만 특정학습장애는 기초인지능력이 부족해서 나타나는 현상이므로, 전문적으로 훈련받은 인지학습치료사에게 인지학습치료를 받는 것이 좋습니다. 가정에서 기초인지능력을 향상시키려고 어머니가 공부를 가르쳐 준다고 해도 전문가가 아니기에 어떤 능력을 얼마만큼 향상시켜야 하는지 잘 모를 수 있습니다. 그리고 엄마표 수업을 하다가 아이가 잘 이해하지 못하면 화를 내는 경우가 많아, 오히려 자녀와의 관계성이 안 좋아질 수 있습니다. 청소년기가 되서 치료를 받으려고 해도 청소년들에게 인지학습치료를 하는 기관이 많지 않고 치료효과가 적을 수 있기 때문에, 청소년기가 되기 전에 일찍 치료를 시작하는 것이 좋습니다.

아동청소년 심리검사에 부모검사도 포함됩니다

① 부모검사를 하는 이유

부모님은 각자 자기가 생각하기에 옳다고 생각하는 방식으로 자녀를 키웁니다. 그러나 자녀에게 어떤 부작용이 나타난다면, 부모님이 하는 양육 방식이 자녀에게 적절한 방식인지 한번 점검해 볼 필요가 있습니다.

아동청소년에게 심리검사를 할 때 반드시 부모검사도 함께 이루어집니다. 아이의 문제 행동이 아이 자체만의 문제일 수도 있지만,

부모님과의 관계성에서 파생되는 문제일 수 있기 때문입니다. 아이가 부적응적인 모습을 보인다면, 자녀를 비난하면서 자녀 탓만 하지 마시고, 부모인 자신에 대해서도 한번 살펴보는 것이 필요합니다. 부모의 양육태도가 적절하지 못한지, 부모님이 정서적 어려움을 겪고 있는지, 부모에게 하는 검사를 통해서 확인하게 됩니다. 그래서 검사 결과를 살펴보고 부모님에게 적절한 양육태도를 코칭해 주기도 합니다.

② 부모 자녀 간의 관계성

청소년 상담의 경우 나이스해 보이는 이유를 들고 상담받으러 오는 경우들이 있지만, 사실 따지고 보면 부모-자녀 간의 관계성에 빨간불이 들어올 때 상담을 받으러 옵니다. 특히 아동청소년의 정서 행동 문제의 핵심 원인은 부모와의 관계성일 수 있습니다. 아동이 아무리 어렵고 힘든 일이 있어도 부모님의 정서적인 지지와 격려를 받으면 '심리장애'까지 진행되지 않습니다. 따라서 정서 행동에 문제를 보이는 학생을 다룰 때는 부모님에 대해서도 파악해야 합니다.

③ 부모의 기대와 꿈

어떤 부모님이든 임신했다는 것을 알게 된 순간부터 자녀에 대해 꿈을 꾸게 됩니다. 미국 아이비리그에서 멋지게 대학 생활 하는 자녀의 모습을 꿈꾸기도 하고, 유엔에서 멋지게 활동하는 모습을 그리기도 하고, 영국 프리미어 리그에서 활약하는 자녀의 모습을 상상하기도 합니다. 그리고 그 기대와 꿈을 현실화하기 위해서 자녀에게 다양한 경험의 기회를 제공하기도 하고, 공부도 시킵니다. 그러나 기대가 과도한 수준이면 자녀에게 오히려 과도한 압박감을 주게 됩니다.

사회적으로 성공한 부모는 자기만큼 자녀가 성공하길, 아니 더 훌륭한 사람이 되기를 바라는 마음으로 공부를 시킵니다. 학창 시절에 공부를 열심히 안 해서 사회생활에 불이익을 경험했다고 생각하는 부모는 자기가 겪은 어려움을 자녀는 겪지 않게 하려고 공부를 시킵니다. 그 과정에서 자녀는 심리적 압박감을 많이 느끼게 되는데, 이것을 견디지 못할 때 자녀에게서 다양한 반응들이 나타납니다. 게임에 빠지거나, 가출을 하거나, 친구들과 노느라 집에 늦게 들어오기도 합니다. 그러면 부모님은 자녀의 마음을 이해하지 못하고 화내거나 다그치면서 부모 자녀 간에 긴장과 갈등 관계가 시작됩니다.

④ 사춘기=반항?

사춘기라고 해서 모든 아이가 다 반항하지는 않습니다. 아동기 때 부모님과의 관계성이 어떠했는지, 청소년기에 그 결과가 나타나는 경우가 있습니다. 아동기 때는 적응적으로 잘 지냈는데, 청소년기 되면서 자녀가 갑자기 반항한다면, 부모님이 모르는 자녀 내면의 문제가 있었던 것일 수 있습니다. 아동기 때는 부모에게 저항할 수 없다가 청소년기가 되면서 자아의 힘이 강해져서 그동안 표현하지 못했던 불만감을 반항하는 행동으로 표현하는 것일 수 있습니다. 반항하는 정도가 세면 셀수록, 아동기 때 부모님의 강요가 심했던 것을 방증하는 것일 수 있습니다. 부모의 속을 썩이는 강도가 셀수록, 자신의 삶에 대한 자율성을 보장해 달라는 몸부림일 수 있습니다.

⑤ 아이들을 괴롭게 하는 부모 유형

임상 현장에서 만났던 부모님 중에, 자녀에게 안 좋은 영향을 미치는 부모 유형이 있다는 것을 발견했습니다. 그 유형은 다음과 같습니다.

비난형

FM 같은 부모님들은 자신의 기준이 명확해서, 그 기준대로 자녀가 행동하지 않는 것에 대해 이해를 하지 못합니다. 그리고 그것을 뜯어고치기 위해 자녀를 지적하거나 비난합니다. FM 같은 부모님들은 자신이 FM이라고 생각하지 않습니다. '이게 당연한 거 아니야?'라고 생각하며, 자기가 생각하는 기준이 모든 사람에게 통용되는 것이라고 생각합니다. 그러나 그것은 착각입니다. 이런 부모님에게는 부모님의 기준이 누구에게나 통용되는 절대적 기준이 아니라는 것을 알려드리곤 합니다.

우리 아이, 발달검사 받아볼까? 심리검사 받아볼까?

방임형

부모님 중에 자녀를 마치 남의 자식처럼 냉담하게 대하는 부모님이 있습니다. 아이 때문에 경력단절 됐다면서 아이를 싫어하는 어머니도 있고, 놀고 즐기는 데 바빠서 아이를 방치하는 어머니도 있습니다. 또는 부모님 두 분 다 바빠서 아이들을 전혀 돌보지 못하고, 교육해야 할 필요성도 몰라서 학습 기회를 주지 않는 경우도 있습니다. 이처럼 방치된 채 살아가는 아이들은 불안과 우울을 경험합니다. 사랑과 존중을 받지 못하는 아이들은 슬픕니다. 새벽 3시까지 친구들과 놀다가 들어오는 어머니 때문에 아이는 온종일 혼자 지내면서 불안해합니다. 자신의 인생도 중요하나, 이런 부모님에게는 부모로서 해야 하는 최소한의 노력과 배려가 필요하다는 것을 말씀드리곤 합니다.

통제형

must(~해야 한다)의 리스트가 한가득 있어서 자녀가 그대로 움직이기를 바라고 지시하고 명령하는 유형입니다. 부모님 중에 마치 국가대표 훈련 코치처럼 아이를 대하는 부모님이 있습니다. 의사나 성공하는 사람으로 만들겠다며 학원 스케줄을 타이트하게 짜서, 이 학원 끝나면 다음 학원, 그 학원 끝나면 또 다른 학원으로 픽업 다니며 자녀의 스케줄을 관리하며 통제합니다. 이런 부모 밑에서 자라는 아이는 숨 막혀 합니다. 김연아가 성공했던 것은 그 어머니 때문만은 아닙니다. 타고난 능력+본인의 자발적 의지+부모의 서포트+본인

노력의 결과물입니다. '본인의 의지'를 넘어서는 과도한 통제는 오히려 아이를 무기력하게 만들 수 있습니다.

⑥ 부모양육태도검사(PAT)

아동청소년에게 심리검사 할 때 PAT(부모양육태도검사)를 반드시 실시합니다. 이 검사는 부모로서 양육하는 데 중요한 요소들이 하위 척도로 구성되어 있습니다. 각 영역의 이상적인 백분율이 정해져 있는데, 양육태도의 각 요소들이 적정 수준인지 지나친 수준인지 확인할 수 있습니다. 그래서 부모님들에게 양육태도에 대한 객관적 검사 결과를 보여주면, 자신의 양육태도의 문제점에 대해 잘 이해하게 됩니다. 객관적 데이터로 보여주기 때문에, 자신의 양육태도의 결함을 수용하고 고쳐야겠다는 필요성을 깨닫게 됩니다.

심리검사와
결과상담

"선생님. 설명 다 끝났으면 잠깐 울고 가도 되나요?"

심리검사 결과에 대한 설명을 다 들은 주영이(가명) 어머니는 엉엉 울기 시작했습니다. 왜 아이가 그렇게 될 수밖에 없었는지 이해는 하면서도 너무 속상한 것입니다. 주영이 어머니는 자녀 4명을 키우고 있었습니다. 남편이 있어도 육아에 협조하지 않아 독박육아 했고 남편이 생활비를 주지 않아, 자녀들 학원 보낼 돈을 벌기 위해 일하면서 힘들게 살고 있었습니다. 그런 삶을 살면서 주영이 어머니도 아이들도 심리적 어려움이 생겼고 해결할 방법 없어서 무기력하게 살고 있었습니다. 21세기가 됐는데도 여전히 이렇게 독박육아 하며 지내는 어머니들이 많습니다.

심리검사 결과를 설명할 때, 60%의 어머니들이 웁니다. 30% 정도의 어머니들은 담담히 받아들입니다. 나머지 10%의 부모님들은 노발대발 화를 내기도 합니다. 어머니들이 우는 이유는, 알고 있는데 직면하기 싫은 사실을 직면하게 돼서 속상해 울기도 하고, 아이에 대해 전혀 몰랐던 사실을 알게 돼 놀라서 울기도 합니다. 엄마의 의도는 그게 아니었는데 엄마의 노력이 전혀 다른 방향으로 작용했음을 깨닫고 마음이 아파서 웁니다. 아이가 어머니에게 표현하지 못하고 속으로 힘들어했을 자녀의 마음이 이해되는 순간, 어머니 눈에서 눈물이 주르륵 흐릅니다.

심리검사 받고 결과 설명은 듣지 않는 부모님들이 있습니다. 심리검사 결과를 설명해 주는 해석상담의 유익한 점은, 피검 아동의 문제를 객관적으로 바라볼 수 있게 도와주고, 피검 아동을 깊이 이해하여 문제에 대한 통찰력을 얻게 해준다는 것입니다. 결과상담을 통해 자녀를 객관적으로 파악하여, 앞으로 어떻게 자녀를 대하면서 문제를 해결할 수 있는지에 대한 전문적인 도움을 받을 수 있습니다.

개인상담
vs 가족치료

① 가족치료가 필요한 경우

"선생님~ 딸이 목에 걸릴까 봐 아무것도 못 먹어요. 이것 말고도 걱정이 많아요"

초등학교 5학년 여자아이 지연(가명)이는 일상생활에 걱정이 많은 아이였습니다. 심리검사를 해보니 '범불안장애'에 해당하는 것으로 나타났습니다. 그동안 미술치료도 받아보고 심리상담도 받았지만 나아지지 않아 아이의 어머니는 지쳐 있는 상태였습니다. 그런데 이 아이에게 개인상담이 효과 없었던 이유가 있었습니다. 아이를 친할머니가 키우고 있는데, 친할머니는 위험하다 싶은 것으로부터 지연이를 지나치게 단속했습니다. 지연이 아버지도 공황장애를 앓고 있었습니다. 위험한 것으로부터 조심시키는 데 열중인 친할머니는 아이와 아이의 아버지에게 '이 세상은 위험한 곳이다'라는 메시지를 계속 주고 있는 셈이었습니다. 이런 가족 환경에서 살고 있는 아이에게 개인상담을 해도 나아지는 것은 쉽지 않습니다. 근본적으로 개선되려면 양육하는 친할머니부터 변화되어야 합니다.

이렇게 가족이 함께 변화되어야 하는 경우들이 있습니다. 그러나 부모와 조부모까지 치료에 참여하기는 쉽지 않습니다. 어른들이 자신의 문제를 인정해야 치료에 참여하게 되는데, 자기 문제를 인정하는 것이 쉽지 않기 때문입니다. 그러나 이 사례와 같이 개인상담만으로 변화가 일어나지 않으면, 부모님이나 양육에 참여하는 조부모님까지 가족치료를 받는 것이 개인상담을 받는 것보다 더 효과적입니다.

② 무너져 가는 가정, 그리고 부부상담

예전에는 살인 사건이 집 밖에서 일어났습니다. 그래도 가정은 안전한 곳이었습니다. 그러나 요즘은 가정 안에서도 살인 사건이 일어납니다. 저는 임상 현장에서 일하면서 점점 가정이 해체되고 무너져 가고 있음을 피부로 느낍니다.

"우리 손자 손녀 어떡합니까"

하루는 초등학생 첫째와 미취학 아동 둘째가 심리검사 받으러 왔습니다. 사연을 들어보니, 아이들의 부모님이 어느 날 부부싸움을 심하게 하고, 남편이 아내를 칼로 찔러 죽이고, 자기는 아파트에서 뛰어내려 죽었다고 합니다. 한순간에 부모님을 모두 잃은 아이들에게 복지 혜택 받게 하려고 외할머니가 아이들을 심리검사 받게 데려온 것이었습니다. 무너지는 가정 속에서 아이들이 아파하고 있습니다.

결혼해서 부부로 살아간다는 것이 쉽지는 않습니다. 서로 다른 생활방식으로 살아왔고 각자의 생각이 다르기에 맞춰가면서 같이 산다는 것이 어렵습니다. 서로에 대한 불만이 있을 수밖에 없지만, 이것을 대화로 풀어가는 것이 되지 않으면 상대방을 향해 공격적인 언행을 하게 됩니다. 그러면 갈등이 더 깊어지는데, 이럴 때 부부상담 받는 것이 좋습니다. 부부간에 갈등이 심할 때는 각자 자기 입장만 생각하게 되어 이견이 좁혀지지 않게 됩니다. 이럴 때, 부부상담을 통해 제삼자가 개입하면 상황을 좀 더 객관적으로 바라볼 수 있게 되고 상대방의 마음을 생각하며 이해의 폭을 넓힐 수 있게 됩니다. 주변 사람들에게 조언을 구하기보다는 부부상담으로 훈련받은 상담사가 개입하는 것이 바람직합니다.

그렇다면 아이를
어떻게 키워야 하나요?

아이의 이야기에 귀 기울여 주세요, 그리고 물어봐 주세요

① 물어봐 주는 어른이 없어요

"지수(가명)야, 너는 학교에서 하교할 때 혼자 하교해? 친구들이랑 같이 해?"

초등학교 6학년 지수에게 저는 임상적 면담을 하면서 이런 질문을 했습니다. 저는 어린아이들에게 임상적 면담을 할 때마다 아이의 평상시 교우관계를 가늠해 보기 위해 이 질문을 꼭 합니다. 그런데 이런 질문에 대부분의 아이들의 마음이 확 열리면서 눈이 초롱초롱해집니다. 그러면서 자기 이야기를 하기 시작합니다. 지수는 매일 하교할 때 혼자여서 너무 외롭고, 엄마 아빠가 다 일하셔서 집에 혼자 있어 어디에 있든지 외롭다고 말했습니다.

심리검사 받으러 오는 아동청소년들에게 임상적 면담을 하면서 이런저런 질문을 합니다. 아이를 파악하기 위해서입니다. 어떤 환경에서 자랐고, 어떤 과정을 거쳐서 지금에까지 이르렀고, 현재는 어떻게 지내고 있는지 확인해야 합니다. 그래서 이런저런 질문을 하면, 의외로 아이들의 눈이 초롱초롱해집니다. 왜 그럴까요?

그런 질문을 해주는 주변 어른이 없었던 것입니다. 누가 자기에게 자기 사정을 물어봐 주는 어른이 없었다는 겁니다. 누구도 그런 질문을 해주는 어른이 없었는데 그런 질문을 제가 다정하게 해주니까, 낯선 사람에 대한 경계심이 풀리면서 마음을 확 열게 됩니다. 부모님 두 분 다 일하느라 바쁜 경우, 온종일 일해서 피곤하니까 퇴근해서 집에 와도 아이가 숙제했는지는 확인하나 아이의 마음 상태가 어떤지 살펴보는 질문까지는 못 합니다. 또는 편부모나 조부모님 손에 자라는 아이도 이런 질문을 받아보는 경우가 많지 않습니다.

② 아이들은 들을 준비가
되어 있는 부모에게 말합니다

부모님 중에, '저도 매일 그런 질문하는데요?'라고 생각하는 부모님이 있을 수 있습니다. 그러나 질문할 때 취조하는 듯한 태도로 물어보는 것인지 한번 점검해 볼 필요가 있습니다. "오늘 학원 숙제는 했니?" 이런 대화는 진정한 의미의 대화가 아닙니다. 서로 말을 주고받았지만, 아이의 마음 상태를 살펴보는 질문이 아니기에 진정한 대화라고 보기 어렵습니다. 밖에서 어머니가 일하는 동안 아이가 시간을 허비한 것은 아닌지, 그날 해야 할 공부를 하지 않으면 나중에 공부량이 늘어나니까, 취조하듯이 질문하게 되기 쉽습니다. 부모님의 마음과 자녀가 바라는 것이 일치하지 않아, 결국 의미 있는 대화를 하지 못하게 됩니다. 아이의 마음 상태를 살펴봐 주는 질문을 받아본 적이 없는 아이들은 부모와 함께 살아도 외로움을 느낍니다.

③ 아이의 관심사에 관심을 가져보세요

어떤 아버지는 자녀랑 대화하겠다고 애들을 앉혀놓고 질문합니다. "그래, 요즘 너 고민이 뭐니?" 이렇게 질문하면, 아이들이 "네, 아버지. 요즘 제 고민은요"라고 대답하나요? 아이들은 이런 식의 질문에 절대 자신의 속마음을 털어놓지 않습니다. 특히 청소년의 경우는 아이의 관심 분야가 무엇인지 평상시에 살펴보고 자녀의 관심사에 포커스를 맞춰서 대화를 시도하는 것이 좋습니다. 자녀가 웹툰을 좋아하면 "웹툰 그만 보고 공부해!"라고 말하기보다 자녀가 좋아하는 웹툰을 한번 보세요. 그리고 자녀에게 "그 웹툰 새로 또 올라왔더라. 봤니? 아빠도 봤는데 재밌더라"라고 말하면서 대화의 물꼬를 트는 것이 좋습니다. '도대체 커서 뭐가 되려고 저렇게 게임만 하나'라는 생각이 들겠지만, 아이들이 웹툰이나 게임, 유튜브에 빠지는 데에는 이유가 있습니다. 부모에게 받는 압박감으로부터 도피하고 싶거나, 해야 할 것은 많은데 잘해내지 못할 것 같을 때 이를 회피하기 위해 게임이나 유튜브, 웹툰에 빠집니다. 또는 부모님에게 충분한 사랑과 인정을 받지 못할 때 결핍을 채우기 위해 만렙이 될 때까지 게임을 하기도 합니다. 이와 같이 다양한 원인이 있기 때문에 부모님이 바른말만 하기보다 자녀의 관심사에 함께 관심을 기울여 주세요.

무조건적인 사랑을 해주세요

① 아이는 조건 없는 사랑을 바랍니다

검사자: "아랑(가명)아, 집에서 꼭 지켜야 하는 규칙 있어?"

아랑이: "네. 아침밥 먹기 전에 영어원서 10분 읽어야 밥 먹을 수 있고, 평일은 10분, 주말에는 30분 영어원서 읽어야 해요. 저녁에도

저녁밥 먹기 전에 영어원서 30분 읽어야 밥 먹을 수 있어요. 이렇게 읽어야 하는 게 싫어요. 하기 싫은데 밥 먹어야 하니까 어쩔 수 없이 읽긴 읽어요"

아랑(가명)이는 집에서 밥을 먹으려면 영어원서를 읽어야 먹을 수 있었습니다. 이렇게 시키는 어머니 생각은 충분히 이해가 갑니다. 그만큼 영어공부를 시키겠다는 의지가 강력한 것이겠지요. 그러나 자고, 먹는 것은 인간의 가장 기본적인 생리적 욕구입니다. 조건을 걸고 주는 사랑, 그리고 그 조건대로 해야 칭찬해 주고 인정해 주는 방식. 과연 부모님이 줄 수 있는 적절한 사랑의 방식일까요? 가족 외의 사람들은 조건적인 사랑을 하는 경우가 많습니다. 내가 무언가를 잘했을 때 칭찬해 주고 인정해 주는 것, 이런 것은 조건적인 사랑입니다. 그러나 부모님은 내가 잘하든 못하든 인정해 주고 칭찬해 주어야 하는 존재 아닐까요? 아랑이를 보면서 매우 안타까웠습니다. 그러나 아랑이의 부모님처럼 조건을 걸고 사랑을 주는 부모님들이 생각보다 많습니다. 자녀가 공부 잘했을 때만 칭찬하지 마시고, 잘하든 못하든 조건 없는 사랑을 주세요.

② 자존감 vs 자신감

한편, 어떤 부모님은 자녀의 자존감을 높여준다고 칭찬을 자주 합니다. 과유불급이라고 칭찬을 남발하는 것도 좋지 않습니다. '자존감'과 '자신감'에 대해 혼동하는 경우가 많습니다. 자존감은 '존재'에 대한 것이고, 자신감은 '수행'에 대한 개념입니다. 자존감은, '나'라는 사람의 가치에 대해서 내가 존중하는 마음입니다. 자신감은, 내가 어떤 과제를 수행하여 좋은 결과를 낼 수 있다는 믿음을 말합니다. 자녀가 시험에서 100점을 받으면 칭찬해 줍니다. 이렇게 무엇인가를 잘했을 때 칭찬을 많이 해주면 자녀의 자존감이 높아질 거라 생각합니다. 그러나 이런 식의 칭찬을 많이 듣는 자녀는 잘해야만 부모님을 만족시킬 수 있다고 생각하면서, 자신의 수행 수준에 대해 늘 긴장하게 됩니다. 그리고 이런 아이들은 공부는 잘하는데 자아존중감은 낮을 수 있습니다. 반면, 자녀의 '존재'에 대해 인정해 주는 말을 많이 듣고 자란 아이는 자아존중감이 적절합니다. "엄마는 네가 있어서 행복해", "네가 엄마 딸이라는 것만으로도 너무 감사하단다", "공부를 잘하든 못하든 너는 소중한 사람이야" 이런 식으로 자녀의 '존재'에 대해 인정해 주는 말을 하는 것이 자녀의 자존감에 도움이 됩니다.

③ 자기개념은 어떻게 형성되나

부모가 자녀에게 했던 말을 통해 아이들은 '아, '나'라는 사람은 이런 사람이구나'라는 개념이 형성됩니다. 이를 자기개념이라고 합니다. 자기개념은, 자신에 대해 어떻게 느끼고 인지하는가를 의미합니다. 그런데 부모님이 매번 자녀에게 "넌 대체 엄마가 똑같은 말을 계속 반복하게 만드니. 너 제대로 하는 게 뭐야"라는 식으로 부정적인 말을 자주 하면, 아이는 자기 자신에 대해 부정적으로 생각하게 될 수 있습니다. 자녀의 모습을 거울처럼 비춰주는 말을 해주면서 아이가 적절한 자기개념을 가질 수 있도록 도와주세요. 어렸을 때 형성된 자기개념은 성인이 될 때까지 계속 유지됩니다. 긍정적인 자기개념을 형성할 수 있도록, 긍정적 피드백을 자녀에게 주는 것이 좋습니다.

▌ 행복한 아이 vs 공부 잘하는 아이

자녀를 행복한 아이로 키우고 싶은가요? 아니면 공부 잘하는 아이로 키우고 싶은가요? 공부 잘하는 아이로 만들려다 보면, 공부하라고 압박하게 되고 그 과정에서 아이는 행복해지기 어려울 수 있습니다. 그렇다고 행복한 아이로 키우려고 하면 해맑기만 하고 똑똑하지 못한 사람이 되어 세상에서 성공하지 못할 것 같아 불안해집니다.

정신건강의학과 의원에서 성인을 대상으로 심리검사를 하다 보면, SKY대 나왔어도 불안장애나 우울장애로 힘들어 취직도 못 하고 지내는 사람들을 보게 됩니다. 부모의 공부 압박에 열심히 공부해서, 부모들이 그렇게 바라는 SKY대를 졸업했어도 행복하지 못한 사람이 된 것입니다. 공부 좀 못해도 심리적으로 건강한 아이는 커서 뭐라도 할 수 있습니다. 그러나 공부는 잘했어도 심리적 어려움

　　우리 아이, 발달검사 받아볼까? 심리검사 받아볼까?

이 있다면, 어른이 돼서 아무것도 못 하는 경우가 있습니다.

그렇다고 아이들 공부를 시키지 말라는 말이 아닙니다. 자라나는 아이들은 분명 학습을 통해 인지 기능이 발달해야 하고, 이를 위해 학습의 기회는 주어야 합니다. 그러나 정신건강을 해칠 정도로 과도하게 공부를 많이 시키는 것은 좋지 못합니다. 학벌만 좋고 심리적 어려움으로 아무것도 못 하게 되면 공부 잘하는 게 무슨 의미가 있을까요? 공부는 잘하는데, 행복하지 못한 아이가 되지 않게 해주세요. 공부는 수많은 능력 중 하나입니다. 공부 말고 잘하는 것이 있을 수 있습니다. 아이들은 저마다 어떤 특정 능력을 적어도 1~2개는 가지고 태어납니다. 그 능력이 무엇인지 다양한 경험과 체험을 통해 발견하고 이를 계발하여 자기 기능을 발휘할 수 있도록 도와주세요.

자녀를 훈육한다는 목적으로 때리지 마세요

① 아동학대 당하는 아이들

중장기여자청소년쉼터라는 곳이 있습니다. 주로 학교 밖 청소년들이 집에서 지낼 수 없을 때 이런 청소년쉼터에서 생활합니다. 매년 주기적으로 청소년쉼터 학생들이 저에게 심리검사 받으러 왔었습니다. 심리검사 비용을 내줄 부모님이 없기에 국가에서 지원금이 나올 때마다 저에게 심리검사 받으러 온 것입니다. 그 아이들 대부분은 아버지가 가정폭력 또는 아동학대를 하여, 집에서 지낼 수 없는 아이들이었습니다. 오갈 데 없는 아이들은 그곳에서 사회복지사의 돌봄과 보호를 받으며 지냅니다.

이외에도 아동보호전문기관에서 의뢰된 아동학대 피해 아동들, 보육원에 거주하는 아이들, 그룹홈에 거주하는 아이들을 대상으로 심리검사를 해보면, 대체로 아버지가 아이들을 때리는 경우가 많았습니다.

② 도대체 아이들을 왜 때리는가?

아동학대로 고통받았던 아동청소년들의 말을 들어보면, 아버지가 자녀의 살점이 뜯길 정도로 때리거나, 자녀를 벨트로 묶어놓고 때리기도 합니다. 아버지가 눈을 가격해서 눈에서 피가 나와 학교에 못 가기도 했고, 망치로 머리를 때리는 등, 상상을 초월할 정도로 자녀를 때립니다. 때리는 이유는 뭘까요? 맞아야 정신 차린다고 생각하기 때문입니다. 나도 맞으면서 자랐고, 맞았기 때문에 정신 차렸다고 생각하기에 자녀를 때립니다.

   우리 아이, 발달검사 받아볼까? 심리검사 받아볼까?

③ 화풀이? 훈육?

자녀를 혼낼 때, 나의 화풀이인지, 자녀가 잘되길 바라는 마음에서 하는 훈육인지 점검해 볼 필요가 있습니다. 부모님이 자녀에게 화풀이하는 것은 부메랑이 되어 다시 부모님에게 돌아옵니다. 그 부메랑의 양상이 자녀의 우울증이 될 수 있고, 분노 폭발이나 반항이 될 수도 있고 다양합니다. 부모 때문에 괴로웠던 아이들은 부모를 괴롭게 만들 수 있습니다. 아무리 훈육을 위한 것이라 하더라도 신체적 공격은 정당하지 못합니다. 신체적 공격은 자기개념이 손상되게 합니다. 맞고 자란 아이들을 대상으로 심리검사 해보면, 자기개념이 손상된 반응이 많이 나타납니다. 그리고 자아존중감이 낮은 경우도 많습니다. 자녀가 올바르게 행동하기를 바란다면 말로 훈육하는 것이 더 효과적입니다. 훈육을 목적으로 자녀를 때리지 마세요.

자녀에게 정서적 돌봄을 해주세요

심리검사 하면서 만난 아동청소년과 그의 부모님을 만나보면 한 가지 공통점을 발견하게 됩니다. 부모님이 자녀에게 정서적 돌봄을 거의 하지 못하고 있다는 것입니다.

"선생님, 우리 지원이(가명)는 똑똑한데 자꾸 조건만남을 해요"

심리검사를 하면서 지원이의 이야기를 들어보니, 어릴 때부터 부모님이 많은 학원에 등록해 놓고 스케줄을 짜서 밤늦게까지 공부해야 했다고 합니다. 어머니는 과도하게 통제적이었고, 아버지는 아버지 말대로 하지 않으면 화내고 강압적으로 대했다고 합니다. 그런 부모님 밑에서 사는 지원이는 부모님을 벗어나 자기를 위로해 줄 상대를 찾게 되었습니다. 그게 SNS에서 만난 남자였고, 그렇게 조건만남이 시작된 것입니다. 지능검사를 해보니 지능점수가 높은 똑똑한 친구였으나, 조건만남으로 인해 생활이 무너져 있는 상태여서 안타까웠습니다. 이렇게 정서적 돌봄을 제대로 받지 못하고 있는 아이들이 많습니다.

① 정서적 돌봄과 정서적 대화

"정서적 돌봄? 그건 뭔가요?"

심리검사를 하고 결과를 분석해 보면, 정서적 돌봄을 제대로 하지 못하는 부모님이 대체로 그들의 부모님으로부터 정서적 돌봄을 받아본 적이 없다는 공통점을 발견하곤 합니다. 정서적 돌봄을 받아본 적이 없으니, 어떻게 해야 하는지 모르는 것입니다. 정서적 돌봄은 정서적 지지와 격려, 안정감을 주는 돌봄을 말합니다. 아이가 겪는 상황에서 어떤 기분을 느끼는지 세심히 살펴봐 주고 그 감정을 공감해 줘서, 정서적으로 안정되도록 도와주는 것입니다. 정서적 돌봄을 하려면 정서적 대화를 해야 합니다. "숙제했어?"와 같은 말이 아니라, 오늘 하루 어떤 일을 겪었는지 물어보고, 그 상황에서 아이의 기분은 어땠는지 살펴보는 질문을 하는 겁니다. 그러면 아이는 자신의 감정이 긍정적 내용이든 부정적 내용이든 표현하게 됩니다. 이러한 과정을 통해 아이들이 자신의 감정을 인식하고 조절하는 방법을 배웁니다. 아이가 표현한 감정을 공감해 주고 격려해 주는 것이 정서적 대화입니다. 평소 부모와 이런 정서적 대화를 많이 하는 아이들은 자신의 감정을 잘 조절하고 정서적으로 안정화됩니다.

② 이혼하게 되더라도

자녀에 대한 책임은 다해주세요

요즘 이혼하는 가정이 정말 많습니다. 부부가 여러 이유로 함께 살 수 없어 헤어지는 과정에서 어떤 부모는 자녀를 끝까지 책임지려고 애쓰지만, 어떤 부모들은 서로 안 키우려고 떠넘깁니다. 그런 과정에서 버려진 아이들의 심정이 어떤지 예상해 보셨나요? 부모의 이혼 과정에서 아동의 동의 없이 쉼터나 기관에 맡겨지는 아이들 중에는 다시 버림당하지 않으려고 몸부림치며 사는 아이들이 있습니다. 혹시 이 책을 읽는 분 중에 이혼을 고민하는 부모님이 계신다면, 이혼하는 과정에서 자녀가 버림당했다는 생각이 들지 않게 해주세요. 배우자가 자녀를 키우지 않겠다 하고, 자신도 키울 여력이 없을 때는 일방적으로 어른들이 결정하고 아이들이 따르도록 하지 마시고, 보육시설이나 복지기관에 맡기고자 할 때는 반드시 자녀에게 사실과 과정을 설명해 주고, 자녀의 생각과 감정은 어떤지 물어봐 주고, 어쩔 수 없는 상황을 이해시켜 주고, 상황을 받아들일 시간을 주세요. 그리고 그 상황에 대해 결정할 권한을 주고 자녀가 선택하고 결정할 수 있도록 해주세요. 복지기관에 맡겨도 전화나 문자로 항상 자녀와 연락하면서 안부를 물어보고 살펴봐 주세요. 부모의 이혼 과정에서 일방적으로 버림당한 아이들은 정서적 고통을 겪다가, 어른과 사회에 대한 불만으로 비행까지 이어지는 경우들이 있기 때문입니다.

자율성이 발달할 기회를 주세요

가수 이적의 어머니는 자녀 3명을 모두 서울대에 보내서, 어떻게 키웠길래 자녀가 모두 서울대에 갔는지 많은 어머니들이 관심 있어 합니다. 이적의 어머니는 자녀들에게 '알아서 커라'라는 태도로 키웠다고 합니다.

"선생님, 우리 아들은 제 말을 안 들어요. 왜 반복해서 말해줘도 자기 맘대로죠? 태권도 학원에 도착했으면 신발 벗어 신발장에 넣고, 그다음에 책가방 놓는 자리에 책가방 놓고, 그다음에 탈의실 들어가서 도복으로 갈아입고…"

우리 아이, 발달검사 받아볼까? 심리검사 받아볼까?

그 어머니는 자기가 지시하는 대로 하는지 지켜보고 서서 어머니가 정한 순서대로 하지 않으면 잔소리를 했다고 합니다. 매사에 어머니가 정해놓은 루틴대로 움직여야 한다면, 아이의 심정은 어떨까요? 내 몸을 내 의도대로 움직일 수 없으면 아이들은 슬퍼집니다. 사실, 그 루틴은 앞뒤가 바뀌어도 지장이 없는 것이고, 도덕적 문제가 되는 것이 아닙니다. 그런데 이렇게 작은 것에도 일일이 지시하는 부모님은 자녀가 아무런 판단을 할 수 없는 작고 어린 존재라고 생각해서 지시합니다.

물론 자녀에게 지시하고 단호하게 가르쳐야 하는 것이 있습니다. 기본적인 생활수칙은 자녀에게 해달라고 부탁하는 것이 아니라 분명하게 가르치고 지시해야 합니다. 예를 들어, 식사 후는 반드시 양치질한다. 자기 전 씻는다. 밥 먹을 때 돌아다니지 않는다. 이 같은 기본적 생활수칙은 명료하게 지시해야 합니다.

그러나 기본 생활수칙이 아닌 것은 아이 스스로 결정해서 행동할 수 있도록 기회를 주세요. 이런 과정을 통해 아이들의 자율성이 발달합니다. 어머니의 지시대로 하는 아이는 엄마 보기에 예쁜 아이일 수 있으나, 어머니가 결정해 주지 않으면 아무것도 못 하는 사람이 될 수도 있습니다. 또는 자기주장이 강한 아이에게 부모가 정해놓은 대로 행동하도록 강요하면 거부하고 반항할 수 있습니다. 반항이나 사고를 치는 정도가 심하다면, 그만큼 부모가 세게 강요했다는 것을 의미할 수 있습니다. 이는 자신의 삶에 대한 자율성을 보장해 달라고 몸부림치는 것일 수 있습니다.

부록

발달검사에 대해
자세히 알고 싶어요

발달검사에는 어떤 것들이 있을까요? 몇 가지 종류들이 있습니다.

- 베일리 검사(K–Bayley–Ⅲ)

- PEP–R 검사

- 덴버 검사(Denver Ⅱ)

- K–CDI 검사

검사자가 아동의 수행 수준 관찰하여 평가	질문지에 부모가 보고하는 방식의 검사
베일리, PEP-R, 덴버	K-CDI

(출처: 네이버)

　베일리와 PEP-R, 덴버 검사는 검사자가 아동에게 검사 도구를 제시하고 아동이 반응하는 양상을 관찰하여 평가하는 검사들입니다. 따라서 검사자의 숙련된 임상적 기술과 전문성이 요구되는 검사입니다. 반면, K-CDI 검사는 체크리스트에 부모님이 체크해서 보고하는 방식으로 이루어지는 검사입니다. 검사자의 진행 없이, 어머니가 체크한 내용을 컴퓨터에 입력하면 결과치가 나오는 검사입니다. 다만, K-CDI 검사는 타당도 척도가 없어서 검사에 응답한 부모님이 정직하게 검사에 임했는지 확인할 수 없다는 단점이 있습니다. 자녀의 실제 수준대로 작성하지 않고 검사 결과가 안 좋게 나올까 봐 긍정보고 하는 경우가 있습니다. 어머니가 긍정보고 했는지 아닌지를 걸러낼 수 있는 요소가 없어서 검사의 정확성이 조금 떨어지는 측면이 있습니다. 그래도 일반 아동발달센터나 소아과병원에서 이 K-CDI 검사를 많이 사용하는 이유는 아동의 발달 수준을 간략하게나마 확인할 수 있기 때문입니다. 그리고 베일리와 PEP-R, 덴버 검사는 검사 도구가 많고 비쌉니다. 그 검사 도구를 기관에 비치해 놓으려면 비용이 많이 드는데, K-CDI는 별도의 검사 도구가 없기에 K-CDI를 많이 사용합니다. 하지만 아동의 발달 수준을 정확

　　우리 아이, 발달검사 받아볼까? 심리검사 받아볼까?

하게 측정하려면 전문성이 있는 검사자가 아동의 수행 수준을 관찰해서 평가하는 것이 좀 더 정확합니다.

발달검사 종류	실시 가능 연령
베일리 검사	만 16일~42개월 15일 아동
덴버 검사	만 0~6세 아동
PEP-R 검사	만 2~6세 아동
K-CDI 검사	만 15개월~6세 5개월 아동

　발달검사마다 검사 가능 연령이 약간씩 다릅니다. 보통 20개월 이전의 영·유아에게는 덴버 검사가 많이 실시됩니다. 20개월 이후 42개월 아동까지는 베일리 검사가 많이 실시됩니다. 두 검사 간에 겹치는 연령대가 있지만, 20~42개월 아동은 덴버 검사만으로는 정확하게 측정되지 않는 부분이 있어서 베일리 검사가 좀 더 적합합니다. 그리고 42개월 15일이 넘어선 아동은 PEP-R 검사가 주로 실시됩니다. 42개월 15일이 넘은 아동도 베일리(연령 확장판)로 검사할 수는 있습니다. 그러나 검사 결과가 정밀하게 나오지 않기 때문에, 42개월 15일이 넘은 아동에게는 PEP-R 검사가 적합합니다. 제가 어린이병원에서 일하면서 같은 아동을 1년에 한 번씩 검사하게 되는 경우가 있습니다. 베일리 검사로 했다가 좀 더 크면 PEP-R 검사로 합니다.

검사할 때마다 아동의 발달 수준이 어떻게 향상되는지 볼 수 있습니다. 자 그렇다면 각 검사는 무엇을 측정하는지 살펴볼까요?

베일리 검사(K-Bayley-Ⅲ)

검사자가 평가하는 영역	어머니가 보고하는 영역
인지 수용언어/표현언어 소근육운동/대근육운동	적응행동 발달 사회-정서 발달

　베일리 검사는 크게 2가지 영역으로 나뉘는데, 검사자가 아동의 수행 수준을 관찰해서 평가하는 영역이 있습니다. 5가지 영역으로, 인지, 수용언어, 표현언어, 소근육 운동, 대근육 운동입니다. 그리고 평상시 아동의 모습을 관찰한 것을 바탕으로 어머니가 체크리스트에 보고하는 방식으로 평가되는 영역이 있습니다. 그것은 적응행동(의사소통, 학령 전 학업 기능, 자기주도, 놀이 및 여가, 사회성, 지역사회 이용, 가정생활, 건강과 안전, 자조기술, 운동기술)과 사회-정서 발달 영역입니다.

　각 영역의 점수는 '평균' 수준인지, 평균보다 높은지, 낮은지, 낮으면 얼마나 낮은지, 객관적인 점수로 나타납니다. 평균보다 크게 낮을 때는 '지연' 수준으로 나오고, 지연되면 몇 개월 수준인지 수치상으로 나타납니다. 그래서 각 영역의 발달이 어느 수준인지 객관적으로 파악할 수 있습니다.

발달검사를 받으러 오는 경우의 80%가 언어발달 지연 때문입니다. 부모님은 자녀가 말을 잘 못하면 걱정돼서 발달검사를 신청하게 됩니다. 그런 아동을 베일리 검사 해서 결과를 보면, 언어발달만 지연된 경우는 적습니다. 대부분 인지발달도 지연돼서 언어발달도 함께 지연되는 경우가 많습니다. 물론, 인지발달은 정상발달인데 언어발달만 지연되는 경우도 있습니다. 그러나 그런 경우는 드뭅니다.

상대방이 말한 내용을 이해하고, 이를 바탕으로 자기 생각이나 감정을 언어로 구성하여 표현하는 데 인지 기능이 바탕이 됩니다. 그런데 인지 기능이 평균보다 떨어지면 자연히 언어발달이 지연되게 됩니다. 이런 경우 언어치료만 받기보다는 인지학습치료도 같이 받는 것이 좋습니다.

베일리 검사는 미래를 예측하는 기능이 없습니다. 지능검사는 미래를 예측하는 기능이 있어서, 지능점수가 낮게 나오면, 아동이 학령기가 돼서 학습할 때 학업성취도가 낮을 가능성이 있겠다고 예측할 수 있습니다. 그러나 베일리검사는 현재 시점에서의 발달 수준을 확인하는 검사여서, 검사 결과가 부모님이 예상한 것보다 낮게 나왔다고 해서 너무 실망하실 필요는 없습니다.

아이들의 '발달'이라는 것은 어른이 크게 도와주지 않아도 스스로 발달하게 되어 있습니다. 생각해 보세요. 지금 어른들은 어렸을 때 부모님이 소근육 운동 발달하라고 장난감을 사 줬나요? 그냥 집에 있는 물건 가지고 놀면서 자연스럽게 소근육 운동 기능이 발달했고, 골목이나 산으로 들로 뛰어다니며 놀면서 대근육 운동 기능이 발달했습니다. 요즘 들어 각 영역별로 발달이 잘되려면 어떻게 하라는 육아 정보들이 넘쳐나지만, 예전에는 부모님이 신경 써주지 않았어도 잘 컸습니다. 그러나 그중에서도 또래 아이들보다 뒤처지는 아이들이 있었던 것이 기억나시나요? 요즘도 그렇게 또래보다 발달 속도가 조금 뒤처지는 아이들이 있습니다. 그러면 대부분 부모님은 기다립니다. 때 되면 알아서 하겠지. 하지만 혼자 힘으로 발달하기 버거운 아이들은 시간이 지나도 또래에 비해 계속 뒤처져 있는 경우가 있습니다. 그래서 이런 아이들의 발달을 촉진시키기 위해서 발달검사와 치료를 받는다고 생각하시면 됩니다. 부모님 중에 아이가 병원에서 그런 치료를 받는 것이 자존심 상한다고 생각하며 거부하는 분들이 있습니다. 그러나 아이가 문제 있어서 치료받는다기보다는 발달을 촉진시켜서 정상발달이 되도록 돕기 위해 치료받는 것이라고 생각했으면 좋겠습니다.

| PEP-R 검사

  베일리 검사를 받을 수 없을 만큼 큰 아이들에게는 PEP-R 검사가 실시됩니다.

이 검사의 가장 큰 장점은 발달 가능성을 알려주는 기능이 있다는 것입니다. 베일리 검사는 현재 시점의 발달 수준만 확인하는 검사인데, PEP-R 검사는 '싹트기 점수'가 있습니다. 현재의 발달 수준은 이 정도이지만, 잠재된 발달가능성이 어느 수준인지 나타내 주는 점수가 '싹트기 점수'입니다. 그래서 검사 결과 그래프에는 현재의 '생활 연령'과 '발달 연령' 그리고 '싹트기 연령'이 함께 표시됩니다. 7개 영역의 발달척도와 4개 영역의 행동척도 점수를 통해서 아동의 전반적인 발달 수준을 확인할 수 있습니다. 자 그러면 발달척도의 7개의 영역과 행동척도의 4개 영역들은 무엇인지 살펴볼까요?

:: 발달척도 7가지 영역

① 모방

모방 능력을 측정하는 문항들은, 아동이 동작 모방이나 언어모방을 할 수 있는지를 확인하는 문항들입니다. 모방에 대해서 측정하는 이유는, 모방이 사회화에 기본이 되는 요소이기 때문입니다. '모방'은 타인을 인식하는 것을 바탕으로 타인의 말과 행동을 배울 수 있는 능력이기 때문에, 모방 능력을 측정하여 사회성이 어느 정도 발달할 수 있는지 확인할 수 있습니다.

② **지각**

지각 능력을 측정하는 이유는 지각 능력이 학습의 기초가 되기 때문입니다. 아이들은 시각, 청각 정보를 받아들여 새로운 것을 학습합니다. 지각 능력이 부족하면 학습에 어려움을 겪을 수 있으므로, 부족한 부분을 보완해 주기 위해 지각 능력의 수준을 측정하는 것입니다. 자폐 스펙트럼 장애 아동들은 감각 자극들을 통합하기 어려워합니다. 자폐 스펙트럼 장애 아동들은 시각 또는 청각 자극을 최소화하거나 과잉반응을 하기에, 자폐를 선별하기 위해서도 지각 능력을 확인합니다.

③ **소근육 운동**

소근육 운동 기능은 손을 사용한 미세한 움직임을 조절하는 기능을 말합니다. 손을 사용한 움직임을 잘 조절할 수 있는지 평가합니다.

④ **대근육 운동**

대근육 운동 기능은 팔, 다리를 사용하여 몸 전체의 움직임을 조절하는 기능을 말합니다. 소근육 운동 기능과 대근육 운동 기능을 측정하는 이유는 기본적인 신체 움직임을 조절하는 기능이 어느 수준인지 확인하기 위해서입니다. 신체 움직임을 자기가 의도하는 대로

   우리 아이, 발달검사 받아볼까? 심리검사 받아볼까?

조절할 수 있을 때, 자기효능감을 획득하게 됩니다. 소근육 운동과 대근육 운동 기능을 통해 자기효능감의 수준을 예상할 수 있습니다.

⑤ 눈-손 협응

눈-손 협응력은 시각 자극을 보고 그에 맞게 손의 움직임을 조절하는 기능을 말합니다. 학습에서 필요한 기본적인 그림 그리기와 글씨 쓰기가 수행 가능한지 평가합니다.

⑥ 동작성 인지

비언어적인 과제를 수행하는 데 필요한 인지 기능의 수준이 어느 정도인지 확인하는 영역입니다. 비언어적인 과제라 할지라도 언어 이해능력이 있어야 과제를 수행할 수 있기에, 동작성 인지와 언어성 인지는 서로 밀접하게 관련이 있습니다.

⑦ 언어성 인지

언어 지시에 언어로 반응할 수 있는지를 확인하여, 표현언어 기능을 포함한 의사소통 능력을 측정하는 영역입니다.

PEP-R 검사는 베일리 검사를 받게 되는 아동들보다 좀 더 큰 아이들을 대상으로 검사가 실시되기 때문에 과제 수준이 베일리 검사보다 좀 더 어렵고 구체적으로 세분화되어 있습니다.

덴버 검사(Denver II)

덴버 검사는 20개월 미만의 영·유아에게 주로 실시됩니다. 그런 조그만 아이들에게 발달검사를 왜 하냐고요? 선천성 질환으로 정상발달 하지 못하는 유아들이 있습니다. 병원에 계속 누워 있어야 하는 유아거나, 유아기에 수술해야 하는 아이들은 정상발달 하기 어렵습니다. 그래서 각 영역별로 잘 발달하고 있는지 확인하기 위해 덴버 검사를 합니다. 실제 임상 현장에서는 베일리 검사가 가장 많이 이루어지고, 덴버 검사가 실시되는 경우는 드뭅니다.

매우 어린 유아들에게 실시되기 때문에 베일리검사나 PEP-R 검사처럼 검사 도구가 많이 필요하지 않습니다. 그래서 덴버 검사의 검사 도구는 적고 간단하며, 과제도 매우 쉽습니다.

<table>
<tr><td rowspan="4">덴버 검사의 측정 영역</td><td>1. 개인-사회발달 영역</td></tr>
<tr><td>2. 미세운동 및 적응발달 영역</td></tr>
<tr><td>3. 언어발달 영역</td></tr>
<tr><td>4. 운동발달 영역</td></tr>
</table>

① 개인-사회발달 영역

눈맞춤, 사회적 미소가 가능한지, 사회적 놀이가 가능한지, 자조 기술이 습득되었는지를 평가합니다.

② 미세운동 및 적응발달 영역

소근육을 조절할 수 있는지, 눈과 손이 잘 협응되는지 평가합니다.

③ 언어발달 영역

수용언어와 표현언어 발달 수준을 확인하는 영역입니다. 예를 들어, 옹알이하는지, 언어 모방이 가능한지, 단어를 조합해서 말하는지와 같은 과제들입니다.

④ 운동발달 영역

구체적으로 대근육 운동 기능 수준을 측정하는 영역입니다. 팔과 다리를 움직여 균형을 잘 유지하는지 평가합니다.

K-CDI 검사

베일리 검사와 PEP-R 검사, 덴버 검사는 모두 검사 도구들이 갖추어져야 할 수 있는데, 검사 도구를 갖추기 어려운 센터에서는 대체로 K-CDI 검사만 합니다. 그러나 어머니가 체크리스트에 작성하는 자기 보고식 검사이기 때문에 정확하게 측정하는 데 제한이 있습니다. 그래서 다른 발달검사 도구가 갖추어져 있는 기관에서는 다른 발달검사와 K-CDI검사를 함께 실시합니다. 그러면 어머니가 체감상 느끼는 아동의 발달 수준과 실제 아동의 발달 수준을 비교할 수 있습니다. K-CDI 검사의 항목에는 사회성, 자조행동, 대근육운동, 소근육 운동, 표현언어, 언어이해, 글자, 숫자 영역들이 있습니다. 각 영역의 발달이 정상발달인지 지연 수준인지 그래프와 수치로 확인할 수 있습니다.

"저도 아이를 키우는 엄마입니다. 검사 결과가 안 좋게 나오면 결과 설명할 때 마음이 무겁네요"

제가 심리검사 결과를 해석상담 할 때 하는 말입니다. 저도 중학생 딸을 키우는 엄마입니다. 수많은 부모님들이 자녀를 키우는 과정에서 겪었던 고민과 아픔을 저도 똑같이 겪었습니다. 그래서 검사하며 만나는 아이들이 남의 아이처럼 느껴지지 않습니다. 제가 아이를 키우며 고민했던 내용인데, 부모님들이 비슷한 질문을 반복적으로 할 때마다, 부모님들에게 도움이 되는 책을 써야겠다는 생각이 들었습니다.

임상 현장에서 만났던 아이들과 부모님의 사례들 중 흔히 나타나는 유형을 지금까지 설명했습니다. 어떻게 하면 아이들이 제대로 발달할 수 있을까?, 심리적으로 건강하게 자랄 수 있을까?를 고민하면서 아이들과 부모님에게 도움을 주고자 이 책을 썼습니다. 발달검사와 심리검사가 굳이 필요할까?라는 생각을 하며 여러 가지 고민을 하는 부모님들에게 이 책이 도움이 되었으면 좋겠습니다. 제가 쓴 내용이 모든 아이들에게 적용되는 것은 아닙니다. 아이들마다 환경이 다르고, 특성이 다르고, 나타나는 문제 양상이 다 다르기 때문입니다. 그래도 대부분의 아이들에게 적용하기에 무리 없는 내용으로 책을 구성했습니다. 이 책을 통해 부모님들이 발달검사와 심리검사에 대한 거부감이 적어졌으면 좋겠습니다. 제때 치료받아야 하는 아이들이 중요한 시기를 놓치지 않도록, 자녀 양육에 어려움이 있다면 가까운 아동발달센터나 소아정신건강의학과를 방문해서 아이에게 도움이 되는 방법을 찾는 것도 필요하다고 생각합니다.

① 중요한 발달시기와 치료를 놓치지 마세요

요즘은 아이들의 발달을 촉진시켜 주는 다양한 기능의 좋은 장난감이나 놀잇감들이 많습니다(소근육 발달에 좋다는 장난감, 인지발달에 도움이 된다는 워크북 등등…). 부모님들은 발달에 도움이 된다면, 그것이 어떤 것이든 최대한 사 주고 싶어 합니다. 그러나 사실 어른들이 크게 도와주지 않아도, 아이들은 스스로 발달하게 되어 있습니다. 주변을 탐색하면서 '어? 이거는 저번의 물건과 같네? 다르네?'라고 생각하면서 인지도식이 점점 확장되고, 알게 되는 개념도 많아집니다. 때가 되면 머리를 가누고, 뒤집고, 기어다니고, 짚고 일어서고, 걸어 다닐 수 있게 됩니다. 그러나 아이들 중에 발달하는 힘이 부족한 아이들이 있습니다. 때가 됐는데 앉아 있기도 힘든 아이들이 있고, 걷지 못하는 아이들도 있습니다. 어린이집의 다른 친구들은 문장을 구성해서 말하는데, 우리 아이만 한 단어로만 말하고 말할 수 있는 단어도 적다면 걱정이 됩니다. 그래도 대부분의 부모님들은 기다려 봅니다. 우리 아이만의 발달 속도가 있다고 생각하고 기다립니다. 그러나 발달이 지연되는 아이들은 발달할 수 있는 힘이 부족하기 때문에 시간만 흐를 뿐, 또래에 비해 뒤처져 있는 양상은 그대로인 경우가 많습니다. 어린이병원이나 아동발달센터에 막상 아이를 데리고 가기에 염려되고 용기가 나지 않습니다. 혹시나 낙인찍히면 어떡하나, 때 되면 할 텐데 내가 너무 서두르는 것인가, 하는 여러 생각들로 마음이 복잡할 수 있습니다. 하지만 발달검사나 치료들은 아이를 도와주기 위해 마련된 방법들이니, 중요한 치료시기를 놓치지 말고 제대로 발달할 수 있도록 도와주세요. 어린이병원에서 놀이치료, 언어치료받는 것은 아이에게 문제가 있어서 받는다기보다는 혼자 발달하기 힘들어하니까 발달을 촉진시켜 주기 위해 하는 것입니다. 조기에 진단받고 치료받아서 기능을 향상시켜 놓고 나중에 편하게 지내시는 게 낫지, 중요한 치료시기를 놓치고 뒤늦게 치료받게 되면 치료효과가 미미할 수 있습니다. 자녀의 발달이 또래보다 뒤처진다면 발달검사를 받고 정확한 발달 수준을 확인하는 것이 좋습니다. 발달검사는 아동의 각 발달 영역별로 발달 수준을 알려주기 때문에, 아이가 어떤 영역의 발달이 미흡한지 확인할 수 있습니다. 그래서 중요한 치료시기를 놓치지 않고 아이들이 잘 발달했으면 좋겠습니다.

② 부모도 심리적인 도움이 필요해요

국가에서 해주는 건강검진(건강보험공단) 항목에 간단한 스크리닝 정신건강검사도 넣으면 좋겠다는 생각이 듭니다. 제가 그동안 아동·청소년들을 대상으로 심리검사 했을 때, 부모가 우울이나 불안 등 심리적인 어려움을 겪고 있는 경우가 많았습니다. 부모가 마음이 아픈 상태라면 자녀를 심리적으로 건강하게 키우기 어렵습니다. 부모가 우울하면 심리적 에너지 수준이 떨어지면서, 자녀에게 정서적 돌봄을 하기 어렵습니다. 양육이라는 것은 엄청난 심리적 에너지가 필요한 것인데, 자신의 심리적 문제

만으로도 힘든 상태라면 자녀에게 심리적 에너지를 기울이기 힘
듭니다. 아동청소년에게 학교 차원에서 스크리닝 검사를 하듯
이, 성인에게 실시되는 건강검진(건강보험공단) 항목에 정신건강
검사도 넣어서 아이들을 키우는 부모님들의 정신건강에도 도움
을 주는 것이 필요하다고 생각합니다. 그래서 부모님들의 정신
건강 상태를 확인하고 전문적인 도움을 받을 수 있는 기회가 제
도적으로 이루어지면 좋겠다는 생각이 듭니다. 아이들이 심리적
으로 건강해지려면, 부모님도 심리적으로 건강해야 하니까요.

(감사의 글

이 책이 완성되기까지 가족의 도움이 컸습니다. 새벽마다 저와 이 책을 위해 기도해 주신 부모님께 감사드립니다. 수많은 기관에서 경력을 쌓는 동안, 저의 자녀를 돌봐주시고 물심양면으로 도와주신 부모님께 감사드립니다. 무엇보다 책을 쓸 수 있도록 여러 번 격려해 준 남편에게 감사합니다. 책을 쓸까 말까 고민하며 주저할 때마다 남편의 응원으로 이 책을 완성할 수 있게 되었습니다. 그리고 저에게 슈퍼비전을 해주셨던 많은 임상심리전문가 선생님들께도 감사를 표합니다.

참고서적

- 《DSM-5: 정신질환의 진단 및 통계 편람 제5판》, APA, 대표 역자 권준수, 학지사
- 《김수연의 아기 발달 백과》, 김수연, 지식너머
- 《아이의 사생활 1》, EBS 아이의 사생활 제작팀, 지식플러스
- 《놀이의 반란》, EBS 놀이의 반란 제작팀, 지식너머
- 《감각통합의 실제》, Ellen Yack · M.Ed.B.Sc 외, 영문출판사
- 《놀이치료 이론과 실제》, Kevin J. O'Conner · Lisa D. Braverman 원저, 송영혜 · 이승희 옮김, 시그마프레스
- 《미술치료 요리책》, 주리애, 아트북스
- 《옛이야기의 매력 1》, 브루노 베텔하임, 김옥순 · 주옥 공역, 시공주니어
- 《우리 아이 미래를 바꿀 대한민국 교육 키워드 7》, 방종임 · 이만기, 21세기북스
- 《ADHD 아동(산만하고 충동적인 아이를 어떻게 도울 것인가?)》, 김유숙 · 박진희 · 최지원, 이너북스
- 《흔들리지 않고 ADHD 아이 키우기》, 이영민, 팜파스
- 《코로나로 아이들이 잃은 것들》, 김현수, 덴스토리(Denstory)
- 《불안과 잘 지내는 법》, 크리스 코트먼 · 해롤드 시니츠키 · 로리-앤 오코너, 곽성혜 옮김, 유노북스
- 《디지털 세상이 아이를 아프게 한다》, 신의진, 북클라우드

· 《아동 · 청소년 임상 면담》, 조수철 · 신민섭 · 김붕년 · 김재원, 학지사

· 《느린 학습자의 공부》, 박찬선, 이담북스

· 《K-WISC-IV의 이해와 실제》, 김도연 · 옥정 · 김현미, 시그마프레스

· 《웩슬러 지능검사의 치료 및 교육적 활용》, 노경란 · 박현정 · 안지현 · 전영미, 학지사

· 《경계선 지능을 가진 아이들》, 박찬선 · 장세희, 이담북스

· 《경계선 지능과 부모》, 박찬선, 이담북스

· 《수업혁명 3(학습장애 해결편)》, 트레이시 패키암 앨로웨이, 한국뇌기반교육연구소

· 《학습장애 학생을 위한 차별화 교수법》, William N. Bender, 시그마프레스

· 《그림을 통한 아동의 진단과 이해》, 신민섭 외, 학지사

· 《심리평가의 실제》, 박영숙, 하나의학사

· 《자해를 하는 마음》, 임민경, 아몬드

· 〈국립정신건강센터 2022년 정신건강실태조사(소아청소년) 보고서〉

우리 아이,
발달검사 받아볼까?
심리검사 받아볼까?

초판 1쇄 발행   2024. 11. 18.

지은이   김세은
펴낸이   김병호
펴낸곳   주식회사 바른북스

편집진행   김재영
디자인   한채린

등록   2019년 4월 3일 제2019-000040호
주소   서울시 성동구 연무장5길 9-16, 301호 (성수동2가, 블루스톤타워)
대표전화   070-7857-9719 | **경영지원**   02-3409-9719 | **팩스**   070-7610-9820

•바른북스는 여러분의 다양한 아이디어와 원고 투고를 설레는 마음으로 기다리고 있습니다.

이메일   barunbooks21@naver.com | **원고투고**   barunbooks21@naver.com
홈페이지   www.barunbooks.com | **공식 블로그**   blog.naver.com/barunbooks7
공식 포스트   post.naver.com/barunbooks7 | **페이스북**   facebook.com/barunbooks7

ⓒ 김세은, 2024
ISBN 979-11-7263-187-1 03590